奢華暗許 日月無數
數落夢裡 往事如空

潮湧浮沉
盈淚滿襟

盼你能知
你是我的期待
我心總念著你……

Adelaide
2019 冬
於台灣 高雄

preface

I

—

是的，每次我都在心裡，深深地呼喚著你的名字；
可惜，你總不會聽到……

你知道嗎？
我有幾多心底裡的說話，想親自告訴你；
只是我從來，就沒有說出來的勇氣……

生命中的愛戀，亦從來，不是人必然可自由地選擇；
在默然中，在安靜的夜裡，在只有我一個人的獨奏下，
我只是選擇著，悄然無聲地，在心裡愛著你罷了……

II

—

有讀者說，很喜歡我的作品，
看完後總感認同，總有感動……

是的，情感加文字，就是一種文學藝術；
可以讓人透過閱讀，彼此交流和相通……

在人生中，我們通常只習慣迎合別人，
從來沒有空間，去面對自己；
也沒有誠實地，去認識自己；
就算誠實面對以後，也沒有勇氣，去接納真正的自己……

你心裡究竟最愛是誰？
你為何最愛是他？
你為何到今天，還是想念著他？

我誠實面對自己，
我想說：「無論何光景，無論何境遇，
我還是如此的，愛著了你……」

III

—

其實，為何我總選擇利用文字去表達情感呢？
因為每當見到你，我就一句話也說不上……

是我膽怯嗎？是我不懂表達自己嗎？
是的，我總會驚懼，我總會選擇言不由衷……

或者在我猶豫之間，
最後，我會選擇，甚麼都不再說……

你，能夠明白我的感受嗎？
或者，當繼續面對著，沒有一點反應的你，
我要說的，我要寫的，有一天，可能都會停止了……

惟願此刻，我能與你在文字裡相遇；
在我呼喚著你的時候，願你有點明白我……

IV

—

你還好嗎？

可以在哪一天，我可以緊握著你的手，
然後告訴你，我對你的愛？

或許，沒有這麼的一天吧！
因為，我的確累了，我也的確倦了！
所以，我再沒有力氣，更沒有勇氣了……

曾經擁有的勇氣，已經在不知不覺中，失落掉了……

迷失，從來不是一種結局和答案，
而是一種不斷的經歷……

在過去的日子中，你總要讓我難過；
我在尋找你，我在期盼著你；
原來最後，只是換來你對我的無視與輕蔑……

是的，我沒有尋找藉口，因為一切，都是我的一份甘願；
我也沒有怪責你，因為，我還是對你充滿著憐愛……

我想，曾經大家一起走過的一段美好，
原來，就只有這一小段……

光華燦爛以後，原來就是平淡；
難忘憶記的一瞬後，就只有一種默然與無聲；
能銘記於我心中的，就只有，最後的一份念愛……

你在哪裡呢？
會有這樣的一天嗎？
我會真正地呼喚著你的名字，然後讓你知道，
在我心底裡，對你，實在是一份最深最厚的愛……

目錄

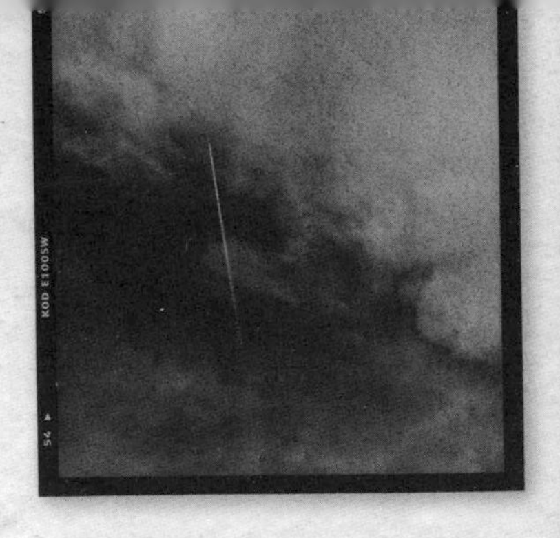

| Part 2 | *如果愛沒有回報的話，其實這份愛，又可以維繫多久？*

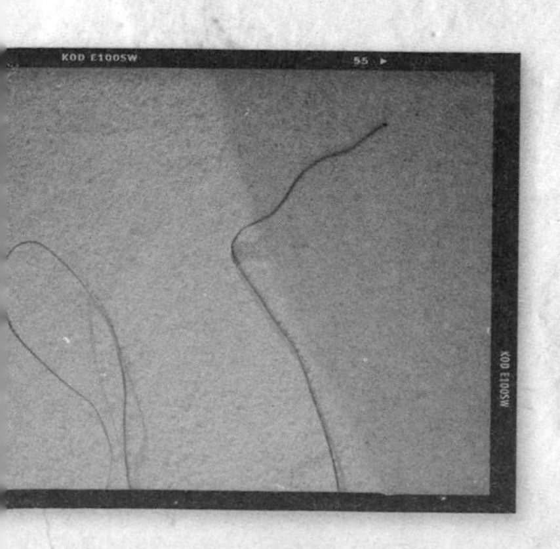

| Part 3 | *在我孤寂時，*
你就是我的一份光彩

| Part 4 | *情感發生了，*
就再回不去……

| Part 5 | *如果愛可以選擇，已經不再是愛了……*

part. 1

我呼喊著你的時候，
或許，
你已經再也聽不到了……

我在心底呼喊著你，你聽到嗎？

我很後悔當天，為何沒有說上一句愛你的話……

是的，我想告訴你，我心底裡的說話，
每一次我擁著你的時候，我就想告訴你；
我看著你的眼睛時，我就想告訴你……

是我想欲言又止嗎？
不是，是風吹亂了我的頭髮，讓我雙眼的視線，受到阻擋；
我再一次，見不到你……

其實，當你將我越擁越緊的時候，
我就知道，其實，你也深愛著我；
只是，「我愛你」這句話，彼此都說不出口……

你知道嗎？
我常常在心裡，呼喊著你的名字，
不過現在，只剩下回憶了……

今天，我再也擁抱不到你的身軀，
我再也感受不到你身體的溫度；
我只能夠，看著一張張的舊照片；
我以為，透過照片，我能夠看穿你的眼睛，
原來，我卻甚麼，都再看不到……

你的眼睛，從來就像在思想著甚麼；
對我來說，非常迷人……

你走過了我的生命，
你在我人生的軌跡中，留下了深深的痕跡；
這些痕跡，不是可以隨便，就被抹掉……

究竟我呼喊著你名字的時候，你幾多次可以聽到？
在我曾經面對面看著你的時候，我就是沒有勇氣；
當我往後退一步時，我以為離開了你的身軀，
我就有勇氣告訴你一句：「我愛你……」
原來最後，我還是沒有勇氣……

原來要說出心中的一句話，是這麼的困難；
原來你刻在我心中的，不是言語所能夠表達，
而是生命中，一份最真實，又最深刻的痕跡與回憶……

今天，我又再次見到了你，我們還可以一起擁抱著嗎？
我們能像從前一般，緊緊地相擁著嗎？
我們還可以再次，感受彼此身體的溫度嗎？

今天我們再遇，天氣很冷；
我看著你，你也在看著我；
但是你的眼神，似乎已經拒絕了我；

我不夠膽再踏前一步，因為我知道，
你對我的愛，已經改變了……

從前愛我的人，今天已經，不想再擁抱我了；
我很後悔，當天，為何我沒有說上一句愛你的說話，
以至今天，我更加無力再說一句……

我曾經愛過你這句話，現在，我也已經說不出口了……

我們對望著，你握握我的手，然後你冷冷地說：
「Hello，你好嗎？」

我知道，我們曾經的愛，已經流逝了……
你的手很冰冷；
我知道，你的心，比你的手，更冰冷……

我掉頭走了，因為我不想滴下來的眼淚，
讓一個不再愛我的人，去看見……

一份不能送出的禮物……

這份禮物，代表了我對你的關愛，我就是單單選上給你……

突如其來，尋找到一份禮物，是我本來打算送給你的，
但卻放著，一年又一年……

禮物，還有送出去的機會嗎？
禮物依舊在，但或者人的心，都已經改變了……

這份禮物，代表了我對你的關愛；
我就是單單，選上來送給你……

人在選擇禮物的時候，其實禮物不是重點，
重要的，是心裡想著的那個人；
選著禮物的時候，想著他，究竟想要甚麼……

每一份禮物，其實背後，
都存在著，一份無比的愛，
都存在著，一種無比的掛念……

我不知道，何時才可以再送出這份禮物，
我只知道，這份禮物是一個實體，安放在我家的一個角落；
但我的心，又可以如何擺放？

從來送禮物，不是看價值，而是看心思及意念；
為何一份小小的禮物，我也不能夠送出？
究竟身在遠方的你，現在又在想著甚麼……

是的，我想告訴你，最初我想送禮物給你，
但你總用上很多的藉口推搪；
許多次，我們都不能見面……

然後過了一段日子，我已經不能再聯絡你了……

你知道嗎？當每次我看著這份禮物時，
想著如何能夠將禮物送給你時，
我的心，總有著一種期盼；
我盼望著，我可以親手，將禮物送給你；
我盼望著，我可以親自，表達我對你的愛；
我盼望著，我可以親自告訴你，我對你默默無聲的思念……

但是到了最後，我已經再沒有送出禮物的時間表；
原來送出一份禮物，都是這麼的困難……

或者你愛我或是不愛我，其實，你都可以收下這個情意吧！
你不愛我的話，你收下禮物，我也不會介意；
如果你願意愛我的話，你就更加應該收下禮物吧！

你其實是不願意收下嗎？究竟是甚麼原因呢？
你不愛我嗎？
你害怕收下我的禮物，令我誤會你嗎？

我現在很害怕，很害怕再次看見這份禮物；
我刻意將它，收藏在家中一個角落裡……

為何禮物，總是送不出去？
有時見到這份禮物，我在心中，就會呼喊著你的名字……

你知道嗎？你聽到嗎？

禮物其實可以送出，也可以不送出；
因為當中，並沒有影響我對你的愛；
最後我願意愛的，依然是你……

苦戀⋯⋯

苦戀是甚麼？就是我錯誤地戀上了你；
苦戀是甚麼？就是明知沒有結果，我還是依然愛著你⋯⋯

苦戀是甚麼？就是在做一些連自己也覺得無知的事；
連自己也討厭自己的時候，
我卻還是心甘情願地，繼續去愛著你⋯⋯

苦戀是甚麼？就是我在夢中已經失去你的時候，
我在思憶中，還是繼續愛著你⋯⋯

在微風吹過的時候，在我眼裡落下眼淚的時候，你在哪裡？
你真是甚麼都看不見？
還是，你選擇甚麼都看不見⋯⋯

其實如果真心愛一個人，
我總有時間和他溝通，我總有時間和他見面；
如果你一直說忙碌，大家一直不能相見，
我很懷疑，這份愛，究竟有多深？
這份情，究竟有多濃？

每個人的時間都是寶貴，但愛著一個人的時候，
你總想尋找時間與他相知相遇，
你總想尋找時間與他見面，知道他的想法；
因為，愛，不單是想念著，
還有的是，陪伴和相見……

其實，你還愛我嗎？你究竟在哪裡呢？

人生不長，我只希望，
得到你少許的了解，得到你少許的明白；
因為，當我不能望穿生命的盡頭，
亦不能扭轉生命中的任何一瞬時，
我只希望，
能夠與你分享多一點，
能夠每天與你共聚多一點；
我的愛，能夠讓你知道多一點，就夠了……

其實，愛，從來都不是一項選擇；
如果愛可以選擇的時候，已經不再是愛……

每一年，都是新的，我都是如此愛著你！

人生總有著一份觸感；
這感覺，可以是默默付出的，不歇不捨的……

我愛你，你感受得到嗎？

愛，是否有著一種感知？
一個人喜歡另一個人，對方應該是感受得到吧！
或許你不接受我的話，也總有一種感覺吧！

你知道我在愛著你嗎？
你知道我在為你難過嗎？
你曉得我的眼淚嗎？

感覺從來都是真實的，如果你有愛我的話，
你一定感受得到……

在地球的另一端，你還好嗎？
在生命中不可或缺的每一刻，
在不傷害其他人的前提下，
人生或許，
就應該做自己喜歡的事，去愛自己喜歡的人……

每人心裡面，都有不同的感受，
以致生命無悔、無恨、無怨……

每一個寂靜的晚上，生命的流逝與價值，
好像是上天給我的一種懲罰，
又好像是上天給我的一份獎賞；
在這世上，我們能夠蒞臨的每一天，
如果能夠細數當中的動人和美麗，
我相信，愛，就是一切；
我愛的，就是你……

愛，可以長存；
在生命中的每一刻，
愛，都可以讓人，感知生命中的真實……

人生就是一份觸感，
這一種感覺，可以是默默付出的，不歇不捨的……

我的文章，為你寫了一篇又一篇；
我的信，為你寄出一封又一封；
沒有特別的原因，全只因為，出於一份我對你的愛……

信，我也寫了快兩年了；
不知道在這兩年的日子中，你的感覺如何？
但我卻知道，在我每一份感覺中，都有著你的存在；
在未知的將來中，或許這種感覺，可以長存；
因為，每一年，都是新的……

今年，我好像擁有更多，但我卻感到特別難過；
因為當中，缺了你……

我不想這是一種生命的流逝，
我希望可以，是一份對生命的追求和盼望；
我盼望著在未來的日子，可以與你重逢；
一切愛你的感覺，可以留到永遠……

在新一年，我最想做的，就是可以克服心中的恐懼，
可以在一片青蔥之地，更愛著你……

縱使這是一場幻象，但又像是一場不止息的夢；
我在夢中，總緊緊地擁抱著你，
直到流淚的那一刻，才會夢醒；
人去追夢，其實又有錯嗎？

愛縱使會流逝，但情感留下來的痕跡，
惟願你最終，能夠尋索得到；
因為愛與思念，是一種烙印，
總會深深銘刻在每一人的內心中；
總是揮之不去，總是如此的難以忘記，也總是帶著遺憾；
但在遺憾中，總讓我帶著微笑，一直地走下去……

我愛的人，總不愛我……

在這樣生命的邂逅裡，最後我放棄了他，
你也沒有選擇愛我……

我愛的人，總是不愛我；
我不愛的人，卻總戀著我……

愛情的交錯與複雜，
就是不能夠在大家彼此共同的協調下，達成共識……

其實愛，真的很難達成共識嗎？
我愛你的時候，你總不愛我……

循循環環，兜兜轉轉；
在這個圈裡，大家都追不到自己想愛的人；
或許有一天，當你回轉的時候，大家都退後一步，
可能大家，就碰到所愛吧！
又或是，一切都已經太遲了……

我想，可能並沒有，你愛我這一天；
因為在每個感情的圈內，都有獨特的情感變化；
在情感交錯中，大家都是最獨特的人……

不是人人都可以掌握愛，
只有你與我，在慢慢相遇的空間裡，
透過磨合，我和你才知道，彼此想要的是甚麼；
然後，是一份等待，在我心裡面，讓愛停留下來；
當愛不再被擁有時，
我只能夠，永遠在心中，記掛著你……

記得那年夏天，我就是如此的愛著你；
我被你深深的感動著；
可是，你卻並不愛我……

然後，他愛著我，但我卻沒有選擇他；
在這樣生命的邂逅裡，最後我放棄了他，
你也沒有選擇愛我……

最終我甚麼都沒有了！

是嗎？我後悔嗎？
其實我應該選擇被愛，而不應選擇去愛！
我相信，如果能夠被愛的話，我會比較幸福吧！

當我選擇去愛的時候，最後，我卻甚麼都不再擁有了……
我流淚，我追憶！
你說我有後悔放棄他嗎？
我撫心自問，我對他真的沒有感覺；
因為我的感覺，已經全然給予你；
你搶走了我的心，奪去了我所有的愛……

我也從來沒有介意；
因為愛情，就是如此的不能自控，不能自拔；
愛情，同時也不能被操控；
要雙方願意，才可達成共識……

或許我可以做的，就是在我心靈裡，在寂寞的日子中，
在晚上，在需要被撫慰的時候，
我對你，作出深深的呼喚；
因為，我還是懷念著，我曾經深深愛著你的日子；
我也思憶著，我們曾經那些動人美好的時光……

我知道，無言的道別，到今天，並不只是一份遺憾；
對我而言，失去你，更是一抹洗不掉的陰沉……

生命中的緣分，總有你與我……

或許有一種生命的幸福，就是我在愛你與不愛你之間，
在你知道或未知道答案之間，
我還是選擇著，去愛著你；
我還是享受著，去愛著你的每一刻……

我愛著你，這是我心靈最大的呼喊；
當我呼喊著你名字的時候，你聽到嗎？

我深信有一天，你會知道的，你會明白的，你會聽見的……

在你離去的這些日子，我總沒有把你忘記；
我總是在每早清晨，第一件會做的事，就是為你禱告；
然後，我在心中，總有一個角落，
穩穩妥妥的，安放著你……

因為我知道，你會回來；
有一天，你會回來再找我的時候，
我就會親口對你說一聲：「我愛你！」
我相信，我們總會再相見⋯⋯

我深信，生命中的每一次緣分，
記憶中，總有你與我；
你留在我眼中的，總是一抹深深的哀愁；
也曾經是，一種對我深深的不捨⋯⋯

是的，你的生命，你的人生，你的前途，
我知道，我也明白；
你需要離開香港，好一段日子⋯⋯

我知道這種離開，連你自己，也無從掌握，也不知道長短；
我知道，你肩負著一種很大的使命；
在異國中，你堅持著一份理想；
這也不是每一個人可以做到的⋯⋯

你留在我心中的，就是一份最深刻的痕跡；
你留在我眼中的，也是一個最完美的結局⋯⋯

無論你對我的呼喊，是聽到或是聽不到，是知道或是不知道，
我總會留在這裡，靜靜的等待著你，
在我心中，仍然愛著你⋯⋯

陪伴我到天亮的小熊

我呼喊著你名字的時候，或許，你已經再聽不到了……

是的，每次看著你的時候，
我總是沒有機會，告訴你，我心裡的想法；
因為要開口，著實一點都不容易……

看著你的眼睛時，我心裡面要說的話，更沒有勇氣說出來；
是的，我是膽怯的，我是怯懦的……

或者，我可以做的，就是擁抱著一隻好像你的小熊，
然後，當作擁抱著你……

每當我看著小熊的眼睛時，我好像看著你；
我不禁在心裡，呼喊著你的名字，
然後，我內心總有著顫抖；
但在這時候，我也好像沒有了恐懼；
當愛裡沒有懼怕的時候，
我就可以親自，將心裡面要說的話，慢慢地告訴你……

很多時，每一刻的感動，都讓我流下一滴滴的眼淚；
因為我知道，所有事，其實到最後，可能都沒有任何一點結果；
或許最後，都只是夢幻一場……

小熊，繼續安放在我的床邊，繼續陪伴著我每一個晚上；
然後，在每天早晨，我見著它的時候，好像再次見到了你……

生命的邂逅，從來都不是一種偶然，而是一種持之以恆的習慣；
在這種習慣當中，我希望不要放棄；
我希望能夠超越恐懼，我希望能夠突破界限，
然後繼續，愛你下去……

願你愛了我，不要離開我……

——*其實你知道，我內心潛藏著的痛苦嗎？*

或者突如其來，
見到一些文字，見到一些相片，見到一些片語，
都讓我感動；
因為，這些文字、相片和片語，都是屬於你的……

所有的記憶，都是屬於你；
曾經有的印記，可以忘記的嗎？
曾經有的經歷，可以改變的嗎？
曾經有的感受，又可以當作沒有嗎？

其實對一個人的愛，是慢慢的累積；
同樣，對一個人的不愛，也是慢慢的堆積……

今天我愛你，是一段段的情感經歷的累積；
明天我選擇不愛，也是因為，一天又一天的等待和被欺騙，
實在讓我覺得，太難過了……

眼淚流盡以後，原來是不可以再流的……

是的，屬於我的，我一定要取回來！
你從來就是屬於我的，我總要爭取回來；
你是我的，不是她的！
我知道，你愛的是我，你愛的並不是她……

你離開了我，去愛她，我真是接受不到！
在生命中，在人的心中，就是充滿嫉妒；
我完全不可接受，她取代了我的位置！

你不是說過，將我放在首位嗎？
你不是說過，你只愛我嗎？
為何今天，你換了去愛別人？

我是心有不甘，這不單是一種憤怒，更是一種無盡的悲傷；
因為，你居然這樣，狠狠的放棄了我，為甚麼要這樣呢？

其實你心裡，已經再沒有我嗎？
難道你以為我不知道嗎？
一提起她，你心裡就激動；
一提起她，你臉色也改變了……

你現在對我，總沒有一絲溫柔了！
其實我心裡面，已經劇痛；
或者當我更加患得患失，更多向你發脾氣的時候，
你就更討厭我了……

其實你知不知道，我內心潛藏著的痛苦？
人生就是如此難測嗎？
原來昨天你還愛我，今天，你已經不再愛我了……

你知道嗎？
只有你，曾經一直在我身旁守候著我；
只有你，曾經一直無條件的愛著我；
只有你，在這動盪的世界中，
曾經不惜一切地陪伴著我，助我前行……

除了你，我還能找誰呢？
願你愛了我，不要離開我！
因為你知道嗎？
我將情感和希望，都全然放在你身上了……

一個有情緒的人……

我相信如果沒有你，我的情緒，早就已經崩潰了……

為何神要創造我，特別多情緒？
為何神要創造我，特別有豐富的情感？
為何神要創造我，又特別會去深愛一個人……

為何我要為你動情？
為何我要為你，將情感都傾倒出來？

不要說我不冷靜，更不要說我濫情；
真的有些人，對情感，是特別的敏感……

當人動了情，就是一份執著，也是一份痴迷；
因為，就是不可能不愛下去……

請不要批評我心中的愛，因為，我也不能自控……

有人說：「甚麼叫不能自控？是藉口嗎？」
我想說：「能夠自控的，就不叫愛情了……」

記得那年秋天，你沒有說上一句話，就走了；
走了以後，我時常都追念著你，盼望著你的回來；
我想著甚麼時候，我們可以再像從前般交往……

記得我們一起上學的日子，匆匆地去坐地鐵；
你總會拿著一個麵包，一盒維他奶給我，
並對我說著：「你要好好保重！」
你總吩咐我要顧及營養，因為我需要面對艱難的公開考試……

你因為留級重讀的緣故，你低我一級；
你不能和我一起，面對同一年的公開考試；
但你知道我特別容易情緒受傷，
你知道我在情感上，特別容易受創；
所以，你總先照顧我的飲食，然後就去關顧我的情緒；
因為你還未考公開試，
你有時間，就陪伴著我，聽我細細碎碎的訴說；
你陪伴我渡過，最艱難的考試日子……

你知道嗎？人心能夠得到的最大治療，
就是能夠被聆聽，被安慰，以及心靈被撫摸……

然後就是這樣，我走過了最艱難的時刻；
你陪伴我，走過最痛苦和艱難的公開考試；
以我的情緒來說，沒有你的陪伴，我根本考不上大學……

我考上大學，認識了許多人；
但我一直覺得，沒有一人能及得上你；
或許我們這份情，實在太濃；
你對我的愛，也是最適切；
你對我的支援，也是最剛剛好；

我永遠，也不會忘記你；
我相信沒有你的日子，我的情緒，早就已經崩潰了……

但是在下一年，你卻沒有考上大學……

後來我知道，你一直有很大的壓力；
你也想升上大學，你已經加倍的努力，
因為你不只想和我做中學同學，更想和我做大學同窗……

從來考試的結果，不一定是努力，就能夠成功；
考試，也要有上三分運氣……

考試那幾天，你生病了！
或者是壓力太大的緣故吧！
最終成績出來，你有些科目，考得並不好，
有些科目，更不及格……

自從你考不上大學後，我知道我們彼此，好像有了一種距離……

其實你知道嗎？
我從來沒有忘記你，更從來沒有輕看你；
一個有情緒的人，總要依靠著另一個可靠的人；
我可以依靠的人，就是你……

為何你會以為，我升上大學後，就會輕看你呢？
為何你會以為，我不再重視你呢？
沒有你的日子，我根本考不上大學……

這幾年我們的關係，總是拖拖拉拉的；
直至我大學畢業，我也沒有戀上其他人；
可是最後，你卻走了……

到今天，我還不知道，為甚麼你要如此對待我？
我一直還是如此的深愛著你，我一直都為你默默落淚……

你忘記了嗎？
我是一個很情緒化的人；
情緒化的我，怎能沒有你！

是否情感豐富的人，註定特別容易受傷？
是否情感豐富的人，註定特別容易去付出愛，投入愛？
是否情感豐富的人，總是執著堅持一份堅定的深愛？
是否情感豐富的人，更容易被牽動著情緒，
常常跌得一蹶不振……

或許，這是神對我這類人，最特別的禮物吧！

你在哪裡呢？
我還是常常在心內，呼喊著你的名字！
你知道嗎？你聽到嗎？

從前我們說好，以後要走在一起的！
你究竟是因為彼此的差異而逃避我？
還是你不再愛情緒化的我？
我們可否再重新開始？
可否讓我們去克服未來的困難？
可否你也能，珍惜我的眼淚，
以及珍視，我對你的愛……

為何你總不回應我一句呢？

為何生命，總好像陰差陽錯般；
我總是見到他，卻見不到你……

我愛的其實是你，你知道嗎？

或許愛，會有一種感知吧！
我呼喊著你的時候，你會知道嗎？
為何你總不回應我一句？

是否在徬徨時的邂逅，是否在最失落時的痛楚，
每每是人心中，最巨大的情感力量？

在情緒纏繞不堪時，
人，總是言不由衷地，
去表達自己毫不真實的感情狀況；
也完全不能自主地，去表達自己內在的情感需要……

這或許就是一份持續的曖昧與掛念，
是我對你的掛念；
你總是讓我覺得，很痛很痛……

其實有時情感的釋放，可以是如此長時間的嗎？
可以是如此的痛入心扉的嗎？
可以是如此的，不能自已的嗎？

如果沒有這個心情，你會以為，我有能力，
可以寫完一篇又一篇的信給你嗎？
如果沒有深刻的愛著你，我又會如此，心中痛完再痛嗎？

請你不要輕看我的情感，更請你不要輕看我的眼淚！
還想再見的話，請珍惜今天；
因為，生命的氣息，從來沒有人可以知道；
生命的流向，也從來沒有人可以去估量……

其實我覺得，我好像已經失去了你……

當愛不能說出口的時候，當情不能再用力的時候，
我不知道，還可以再做甚麼……

情感不能被確定時，或許所有的事，都只是夢境一場……

愛戀，從來只是一場追逐式的夢幻；
在不知名的國度中，在見到與見不到你的身影之間，
其實你知道嗎？
我仍是如此，深愛著你……

在你離開的一刻，我總想捕捉你的眼神……

每一次離別時，你依依的眼神，總吸引著我……

記得每次見你走上列車，
在列車駛走的那一刻，我總會忍不住對你一陣凝望；
這一望，不單盛載了我的不捨，
我還想知道，你究竟會不會，
同樣也回頭，看我一眼……

很多人分手的時候，都是逕自離開；
在你離開的一刻，我總想捕捉你的眼神；
然後，如果你也同樣回望我一眼，
或許，這就刻下一份，離別中與別不同的情感；
同樣，我的眼神，也暴露了我對你的愛……

記憶總是如此的真實，
我總是見到你不捨的眼神；
你真是如此的，讓我難以忘記……

其實有些情感，你已經可以唾手可得；
愛戀，你已經可以擁有，
但是為何，你總要輕易放棄呢？
為何，你總不去珍惜？

或者我對你的愛，每天都加多了一點；
我盡力去聯繫你，我盡力去表達一切對你的愛意；
可以表達的，我都表達過了；
但最終，仍像了無痕跡般，你仍然是沒有丁點回應……

這代表甚麼？
這代表你叫我，不要再等待了？
這代表，你希望我放棄你了？

又或是，你的沉默無聲，是希望我也能默然退場？
你不想讓我直接知道，其實，你早已經不再愛我了……

或許你不想我傷心，還想讓我有多一些留白，
還想讓我有多一點的自尊，
還想讓我內心，好過一點，
以至你想我，懂得適時離去，不再去打擾你……
是這樣嗎？

你的離別，已經三年多了；
我在呼喊著你的時候，你究竟聽到了沒有？

曾經列車駛走的每一刻情景，也讓我歷歷在目；
因為在每一次離別時，你依依的眼神，總吸引著我；
我也總是呆呆地看著你，直至列車駛離我的視線；
我的眼淚，這時，才懂得慢慢地流下來；
直至淚水不再模糊我的視線時，
我才願意，一步一步的，
在毫無意識下，離開這個送別你的月台……

在我最想你的時刻，你選擇離去了……

其實我沒有甚麼害怕，
我最害怕的，就是你會離我而去……

或者想你，已經成為，我深夜的一種習慣……

你問我這習慣，究竟夾雜著怎麼樣的情緒？
我想，就是一種患得患失，總不知有沒有未來的情緒；
好像在黑夜中，我想尋找出路的時候，
總見不到一點曙光……

然後，我好像再次見到你遠行的背影，
你一步一步的，走遠了……

我似乎量度不到，生命中的長度；
我也不能知道，深夜裡的溫度；
我更不知道，我們情感終點的所在道……

我想叫著你，但我無論怎樣呼喊你名字，
你已不再願意，為我停留一步；
你也不肯回頭，看我一眼……

或者，只要你願意停一停，願意回頭看一看我，
你就可以看見，淚流滿面的我……

所有的承諾，所有的曾經，都像灰飛煙滅般，隨著空氣飄散；
一切，你都毫不在乎了……

你已經選擇了你的路，
縱然，我一直停留在原地等著你，
但這又如何？

在深夜中，在我最想你的時刻，
你卻選擇，離我而去了……

重遊舊地

你已選擇離去了；
我，還應留在原地等你嗎？

從日出等到日落，為了甚麼？
我究竟為了等甚麼？
或者，有時連我自己，都已經不再知道答案……

從來沒有想過，幾年前在這裡拍攝的一張照片，
我會如此的鍾愛；
幾年後重遊舊地，所拍的照片，
同樣也成為我的最愛……

不過，我的心，總是毫不安然；
原來很多事，會在毫無防備下，在不能掌握中，
沒有預感地，發生了……

情感，從來是一種不能設防的心靈活動；
沒有人可以完全掌握，更沒有人可以全數預計；
情感的來去，許多時，總是來去得，無聲無息……

從來情與景，都是不能共融；
可以事過人過，景卻不遷；
從來情感，真的會流逝；
從來，都只是我太多情罷了！

本來好好的對話，可以突然停頓了！
你，可以消失得如此無影無蹤，
斷絕了我們彼此的關係，讓我悲痛欲絕……

景，可以再尋索；
但是人，卻不能再見了……

心靈活動中一種最痛苦的狀態，
就是有人佔據了我的心房，我給他留下一個最重要的位置；
我以為，我應守候著他，直到永遠；
但這種決心，卻讓我，一直地難過下去……

你已選擇離去了；
我，究竟還應留在原地，等你嗎？

感覺從來是如此的真實，時間也不停的流逝著；
可我的思憶，卻從來沒有停止……

在失望中，我總經歷著疼痛；
在重遊舊地時，我想著一切的曾經；
我的內心，真的覺得，越來越沉重……

你究竟在哪裡呢？

沒有你的日子，好像是上天給我的一種懲罰……

在微風細雨下，在擁擠的人群中，
我應該去尋索你的身影嗎？
還是，我應該好好照顧自己，然後在生命的旅程中，
去慢慢將你忘記？

既然你已把我忘記，
或許，也是時候，我去學習忘記你……

其實創傷後遺症是甚麼？
就是我曾經受過的傷害，到今天，也沒法忘記……

你的離去，你的無聲無息，
你對我的不聞不問，你對我的一切傷害，
已經夠深了，已經夠多了！

或者在這個傷害以後，
我不想再多一次去承受這種疼痛，
所以我先學習逃離，我先學習忘記你；
這樣，對我自己，也是一項保護吧！

但你知道嗎？
當我嘗試去忘記你的時候，
我的眼淚，就已經不期然地，再次流下來了……

我只想擁抱著你……

世界很大，我的心也很寬廣；
只是，在我心中的一角裡，我總是在想念著你……

只要你再在我額上輕輕一吻，
我就會覺得，內心很安穩……

或許，這已是一場舊夢，
但舊夢的景象，的確在我心中不停的縈繞和蕩漾……

誰人不想情感，最終能有美好的結局？
誰人想心中流著淚？
誰人想臉上有淚光，讓別人知道？

請問我們有重逢的時間表嗎？
還是，你就讓我繼續一個人，寂寞的繼續走下去……

其實是我太天真了嗎？
當我看著我們曾經有的合照，
我見到你的笑容，我見到你羞澀的表情，
迷人中，有著一份可愛與溫柔……

我總是深愛著你，
我對你，也總充滿著一種特別的憐愛……

是否能夠可以，在這世界停頓的一刻，
我可以上前擁抱著你？
在寂靜中，我只傾聽到你的心跳聲和呼吸聲？
然後，在這迷失的空間中，讓這世界一切暫停，
因為這一刻，我只想，緊緊地擁抱著你……

或者想你，已經成為，我深夜的一種習慣；
在深夜中，在我最想你的時刻，你卻離去了……

我應該一早忘記你！

你還好嗎？你那裡的天氣還冷嗎？

今晚，香港的風一點都不大，還有種暖意；
晚上，總是我一個人獨處的時間；
你，還很忙碌嗎？

今晚我家有許多人聚集，
但當我聽到滿桌的笑聲，許多人的言語聲，
我總是，只想起了你……

這份熱鬧，好像在頃刻中停頓；
我在想，如果你也在，會有多好……

原來在星光之下，我仍然是如此的渴想你……

在最美的晚上，我總倚在窗旁；
日影更深的時候，我知道，我真的很想念你……

其實一個人，如果他願意愛我，
會持續這樣地讓我難過嗎？
或是根本，你並不關心我的感受；
你打從心裡，從來都沒有愛過我……

有那一個你愛的人，你會捨得他天天的難過？
難道你不會知道，你封鎖了我們的通訊以後，
我是如此的失落……

你是知道的，你容許這種事情發生的！
其實，你有多愛我？
其實，我還要繼續去愛你嗎？

你還想知道甚麼呢？
你還想知道我心裡想甚麼嗎？
你還有需要知道嗎？
你還愛我嗎？
既然你再沒有愛我的時候，你知道這些，又有何用？

你為何還要去了解我？
我被你傷害和玩弄，還不夠嗎？

太多的思念，太多的忍耐；
太多的等待，太多的無奈……

每一刻，在人群中，在獨處時，我都想起你……
為何我要這樣？
為何我要這樣的等待下去？

夠了吧，太苦了！
忘了吧，算了吧！
既然你捨得我難過，是的，我就應該一早忘記你！
我應該一早要明白！

或許，是時候，與你說再見了……

一本畫冊

已經不再記得，是哪年哪月哪日，
在一處，只有我自己一個人的空間中，
我總看著窗外；
從白天到黃昏，從黃昏到晚上；
窗外的景色，總是如此的清晰；
窗外，就是一片藍藍的天空……

不知哪年哪月哪日，我買下了這本畫冊；
為的，是想記下一些圖像，只屬於你的圖像；
或者，我是想打發時間；
或者，我是想刻意，留下一些記憶……

然後，每次當見到了你，我不會說上一句話；
我只會看著，你低下頭的樣子，我會醉心的看著……

我想告訴你，我心中的說話；
但最終，我一句話，都沒有勇氣說出來……

你走後，我會打開畫冊，
然後畫上，我曾經見著的你……

這本畫冊，自你走後，
到如今，我都再沒有打開了；
因為，回憶，是很難過的……

那天，我不知道為何，會買下這本畫冊；
或者，就是上面的一句說話——
I am still missing you……

或是，我一早知道，
最終，我是會失去你……

我可要用上一生，去忘掉這份記憶！

或者從來，最讓我想不到的，就是我全心全意珍視、
投入最多感情去對待的人，
會這樣，有意無意地，離棄了我……

我無言……

或許只有清風，能夠聽明白我的故事；
或許只有微雨，能夠聽懂，我內心的啜泣聲……

或者，你只用一秒去按下刪除鍵，
就把我，在你的記憶中塗抹；
但你知道嗎？
我可要用上一生，去忘掉這份記憶……

外在的傷痕，從來都容易被見到；
但人內裡的傷口，卻永遠，也無法修補……

沒有人想，在不愛自己的人面前哭；
或許我是要忘記你……

在忘記你以前，可以讓我最後一次，
在你面前，假裝微笑嗎……

一份不能說出口的秘密……

在我愛你這件事上，
只可以，是一個心靈裡的秘密……

秘密是甚麼呢？

秘密就是藏在心裡面的一些心事，
不能告訴你的一些心事；
就是一種不能說的心情，一些連自己都不懂說的心境；
然後，在你知道或明白以前，
就可能會幻滅的一種情感……

當你不能明白我的時候，
我只有將所有的心事，都深深的收藏在心底裡……

是的，秘密就是，從來不能夠讓你知道；
因為若然你知道的話，結果會是災難性的……

今天我又再次見到了你；
是的，我知道，我們身分不對，地位不對，
學歷不對，年紀不對；
所有事情都不對……

今天，我在咖啡廳內，靜靜地等待著你……

在工作地方的茶水間見到你，我只有稍微一笑；
然後，我們約會的地點，通常是在附近的咖啡室……

是的，你說你已有一位很要好的女朋友，她在海外；
雖然你們沒有常常見面，但是你認為，她是你最疼愛的女朋友；
而我，只是你可以傾談的普通朋友而已……

是嗎？是這樣嗎？
你好像常常都和我說著你的故事；
不止是生活細節，還有你心裡面的所有感受和感覺，
你都一一告知了我……

當人能夠接觸別人的內心時，那種感覺是很震撼的；
就是因為我能夠接近你的內心，
我慢慢地，一步一步的，愛上了你……

昨天，今天，你每天都向我訴說，一個關於你的故事；
我聽著聽著，眼淚，都掉下來了；
你的經歷，總是那樣的艱難；
你的勇敢，總令我很欣賞；
你的心甘情願，照顧家人的熱情，也是我所愛慕的……

我想有那一天，你對她的愛，也能如此對我；
我幻想有那一天，我也能夠被愛；
你對她的掛念，何時也可以，同樣地對待我？

是的，我知道沒有這個可能，你只會愛她；
縱然她常常不在港，每年只會回來兩三次，你還是很愛她……

我絕不會橫刀奪愛的，
因為，我知道你愛的，只有她；
我只是常常站在一旁，想想會不會，
有一個像你這樣深情的男子，也會同樣愛上我……

或者，當我未遇到這人時，
我的愛，都全部投射在你身上；
我愛你，也只可以，是一個心靈裡的秘密……

其實，你見到我眼睛裡的一些感情嗎？
其實感情是藏不住的；
從來眼神，都藏不住秘密；
你應該可以，從我的眼睛裡，看到我對你的愛……

你問我，為何眼中常常有淚？
難道你不知道嗎？這是傷心的眼淚……
因為我知道，我愛著的人是你；
而你愛著的，卻是別人……

我知道我們甚麼都不匹配，
從來，我都不會是你想戀上的對象；
或者，我只是你寂寞時，
可以讓你傾吐心事的一個朋友而已……

我很害怕，我害怕告訴你我的心事後，你會疏遠我；
我很害怕，會失去你這位朋友……

秘密，就是一直會存留在我心深處；
但是那種痛苦，卻是苦不堪言……

我只會默默的待在你身旁，每天聽著你訴說故事；
惟願有一天，
也有一個像你的男生，會來愛我……

想念一個人，根本不需要問甚麼理由，
也不需要知道甚麼原因；
我只知道，每逢夜深，我都很想念你……

這是一份，一直被觸動的感覺與情緒……

本來一切，都已經完結了；
曾經每星期的約定，到此為止……

我與你，不會再遇，也不會再有甚麼交集；
彼此的情分，已畫上句號了……

但原來生命的歷程，
有時，可以很獨特難測……

或者關係的完結，就是故事的開始與延續篇；
在一個迷失的空間中，
在似無還有當中，
在似假還真的時空裡，
一切，仍在不停的旋轉流動著……

或者，可以記錄著我心跡的地方，變得似實非虛；
這或許，是我倆的一場緣分；
又或是，我們的感情，確實難分……

這是一份，一直被觸動的感覺與情緒；
在無盡的空間中，我已向你展現了，無盡的愛……

在我們的心靈中，這亦算是一場，最美好的相遇吧！

但這一切，現在又如何呢？
我呼喊著你的名字時，
為何，你總是聽不到……

我總惦記著你……

——在無邊無際的空間中，

今晚，天氣開始冷了；
你那裡，冷嗎？
北半球的溫度，開始慢慢降低了……

你知道嗎？
每到秋天，我就會如此的想念著你……

我總想著，你冷嗎？
我總想著，在無語無聲的環境中，
你還愛我嗎？

是的，我知道，無言的道別，
到今天，並不只是一份遺憾；
對我而言，失去你，
更是一抹洗不掉的陰沉……

我總為你而擔憂；
你在我心中，有你之處，
總留下了滴滴傷痕……

在無邊無際的空間中，
我總惦記著你；
我總呼喚著你的名字……

但是，你都再聽不到了……

重逢，實在太不容易……

或者可以在那天，我們可以再遇？
或者可以在那天，我們可以再次同行……

如果沒有你，或許一切，我都沒有開始；
或者沒有你，我的一切，只是停留在昨天；
或者沒有你，我不會明白，自己心底裡的黑暗和寂寞……

人生中的傷心，告訴了我，人是需要被陪伴的；
人需要，揭示自己內在深層的底蘊，
然後去明白，自己想要甚麼……

人生中的經歷，也告訴了我，
生命中最美麗的邂逅，
就是在每一天，我都能夠見到你……

然而，在陽光灑落的一瞬間，
究竟，你又在哪裡？

這天，我終於來到機場，再次見到了你；
我望著你的時候，你也在望著我……

太久沒有相見，你忘了我的容貌嗎？
你還要想太多嗎？
我們還要再追問嗎？
你應該知道，我是愛你的！

不要再想甚麼了，請你緊緊擁抱著我吧！
我都哭了……
大家可以不再分離嗎？

因為重逢，實在太不容易了……

其實重逢，對我們來說，真的有意義嗎？
我知道，終究，你都不會屬於我………

part. 2

如果愛沒有回報的話，
其實這份愛又可以
維繫多久？

有一種傷痕，叫作陰影

我的心，到今天，已不願意再去愛了……

人曾經受的傷害，不是一下子，心靈就可以癒合；
有一種傷痕，叫作陰影……

今天的你，狠狠地傷害了我，拋棄了我；
你說我這樣不好，那樣又做錯，說我並不適合你……

你把我說成，做甚麼事，都是錯；
我做了的，你說我做得不好；
我沒有做的，你又說我並不關心你……

我要告訴你，我沒有很多不對，
可能我最錯的，就是認識了你；
你根本從來就不懂得我；
或者，你根本從來，就不想去懂我……

甚麼叫傷痕？
或者我知道，在我不斷往下沉的時候，
在我已經沒有力再走下去的時候，
在我心裡，實在懼怕戰兢的時候，
你卻沒有關心一句，你仍然只顧著你自己的感受；
我就知道，其實，你並沒有真正愛過我……

我害怕再被你指責，我害怕再被你遺忘，我害怕再被你批評；
我知道，我心底裡的傷口，已經厚厚地形成了……

我退避，我躲在一個屬於自己的安全空間中，
我躲在自己的被窩裡；
因為，一走出來，我就見到陽光，
但陽光背面，卻盡是黑暗和陰影……

從來陽光灑落在我身上，後面的陰影總是很大；
陰影，總是無法消退；
我轉身，是的，我總看見自己的黑影，但我就是驅趕不到；
陰影對我來說，也盡是揮之不去……

陰影在每個人身上，從來都是一抹很深很深的傷痕；
人心的傷痕，不是三言兩語，便可以解釋；
人心的傷口，也不是三兩句安慰的說話，就可以被抹去……

不要自己欺騙自己，也不要嘗試欺騙別人；
人心內的陰影，從來不是靠時間，就可以被治療；
因為時間的流逝，只是讓傷痕，慢慢的淡出和褪色；
但人對傷痕的記憶和認知，卻從來沒有因著時間，被磨滅和停止；
人心中曾經有的眼淚和陰影，仍然一直存在……

我很害怕再遇上你，我也很害怕，再遇上同類型的你；
因為，你給我的陰影，實在太大！

請原諒我，我不想再受傷害了！
以至我的心，到今天，也不願意再次去愛……

遠距離的愛……

是否你要讓我一直等待下去，
用遙遠的距離去證明，我對你的愛？

愛一個人，其實很難……

近距離的時候，彼此對對方，總有許多的傷害；
大家總對對方，有著許多的要求；
你也從來不能明白，我心裡的感受；
而我，也不曾明白，你真正的需要……

其實，因為我們都不是彼此；
我們所見到的，只有自己……

我愛你的時候，你總是逃避我；
我說愛你的時候，你又沒有一次能夠聽得到；
我想忘記你的時候，我卻又牢牢地記著了你……

當你完全沒有顧及我感受的時候，
當我常常一個人的時候，
我就知道，愛一個人，真的很難……

是的，生命中，人就是有限；
人目光有限，心靈更有限；
以至近距離的時候，你我從來都看不到，對方心中的所想所念；
近距離的時候，也看不到對方的好，只看到對方許多的不足……

近距離的時候，傷痛和眼淚，幾時可以止息？

近距離去愛一個人，真的很難；
遠距離的時候，要去愛，更難……

這就是我們最後的結局嗎？
當遠距離的時候，原來一切，都只剩餘一份思念？

是否，我認真地去愛一個人，也不可以？
是否，最後，你總要用離別作結局？
為何，你又要再次無聲無息的離去？
是否，連一次你的回覆，你的一個答案，我也永遠找不到？
是否，愛的終點站，就是在我最愛一個人的時候？

是否，你要讓我一直等待下去，
用遠距離去證明，我對你的深愛？
是否，生命的價值，就是要我在一份無盡，
以及無止息的等待中度過？
是否，在一切安息安歇以後，
甚麼感覺都被遺忘的時候，你才會後悔？
或是因為，一切都只是我太天真，同時，對你又太過認真罷了？

我從來沒有想過，
原來之前近距離的日子，是我一生中最美好的……

我們曾經一起走過的街道，我們曾經一起站在紅燈前；
我們曾經一起創作，我們曾經一起感受快樂，追求成功；
現在回想起，原來，這是我一生，最美好、最甜蜜的日子；
縱使那時候，我們常常都有很多磨擦……

或者，回憶總是最美好的；
你讓我對未來，有著一份憧憬；
這些美好的回憶，在將來，我總會憧憬著；
這些美好的回憶，能有再發生的機會和可能嗎？

在遠方的你，遺忘了我嗎？
我們甚麼時候，才可以近距離地再次接觸，再走在一起？
我們忘掉曾經的彼此傷害吧！
我們在近距離的磨擦傷痛中，更多包容對方吧！

我相信，你與我，總會再遇……

請珍惜我的存在，請珍惜我的愛！

是的，我是嫉妒；
因為，愛是容不下第三者的……

每當你身邊出現其他人，我就很緊張，很不安，很難過……
其實，我心中還有一種忿恨，她是誰？
居然代替了我的位置？

這位置，應該是我的！
應該，我才是你的唯一！
是的，每當我有嫉妒之心，我就知道，我真的很愛你……

我希望，只有我，可以單單的佔有你；
我希望，只有我，才可以緊緊的擁抱著你……

或者我寫了許多，說了許多，
究竟你是明白，還是不明白？
請不要測試我的底線！
請不要讓我等得太倦！
你明白我的心情嗎？
你明白我痛苦的情緒嗎？

其實如果你要明白，
我相信，你總會明白；
又或是，你要選擇不明白，
那我怎麼說，你也不會明白……

生命，又可以逆轉的嗎？
曾經的愛，又可以當作，甚麼事都沒有發生過嗎？

請珍惜我的存在，請珍惜我的愛！
請不要讓生命的氣息都沒有以後，
請不要讓情感都散去以後，
你才去追憶，你才去後悔……

因為從來情感的活動，就是心的活動；
肉身受傷，還可以被醫治；
但內心和靈魂的受傷和離去，就甚麼都挽回不了；
有時，一點一滴的傷害，
加起來，就是很大的疼痛……

請不要讓我等得太累，請不要傷害我太深！
請珍惜這一刻，我的眼淚，
以及，我對你的愛……

今天，你有心痛我嗎？

你只是口裡說愛，心中，還是愛你自己多一些吧！

在這寒冷的晚上，你有留意我的衣服，是否足夠嗎？
在每一個特別的日子裡，你會記起我的需要嗎？
當我失望的時候，你有留意過嗎？
在我最想有一句安慰的說話時，
你有為我送上一句話嗎？
或者，你見到我難過落淚時，
你是否還是無動於衷，繼續讓我難過？

其實你有多愛我？

請不要說很愛我，
你應該清楚，你只是口裡說愛，
心中，還是愛你自己多一些吧！

或者最讓我難過的，不是我知道你根本不愛我，
而是我知道，你不愛我的時候，
我卻仍然是，在愛著你……

是的，我知道，你從來都沒有認真地愛過我……

或者一開始，只是我的一份甘願；
一開始，就是我自己的一份放縱；
一開始，到如今，都是我的錯……

生命，就是一份人與人之間的交集和交織；
生命中，人總追求著愛與被愛；
難道，我真的有錯嗎？

原來生命中，確實充滿著無奈；
原來生命中，總有人嫌棄著我的眼淚……

我想問，究竟你今天愛著的，是誰呢？
你還有一點點愛我嗎？

或是因著人心的紛亂與現實，或是因著人性的貪婪與自利，
以致今天，你已經不再愛我？

我不知道，今天你如何的想，
我只知道，你總不願意認真地去面對我……

是的，可能是我的心，總對你放不下；
又或是我的無知，總讓我深深地愛著你……

這是痴情嗎？
或是，我太放縱自己了？
又或是，我用上許多錯誤的方法，去表達我對你的愛，
以至，你一直在逃避我，遠離我？

今天的你，心痛我嗎？你可以憐憫我嗎？
又或許，是我不能夠放過自己吧？

或者，你能否在我落淚的時候，回頭望我一眼？
一眼，就夠了！
因為，你會看見，我眼中深深的落寞，
以及，我對你所付出，無盡的愛……

愛，從來不會是一下子消失的……

其實等待一個人，真是有價值的嗎？
從來換來的，都只是一份無聲的嘆息……

你願意對他好嗎？
他可以無動於衷，沒有一點回應……

其實，我已經不是想要甚麼回報；
或者，我只是希望，能夠聽到你的一點消息；
你也能明白，我心裡的一點點嘆息，那就足夠了……

但可惜，好像連這些卑微的明白，也沒有；
許多時，在夜深，我想著，一切，究竟是不是值得？

其實，愛真是沒有計較的嗎？
愛，真的不講求現實的嗎？

有時我想，不可能一方不斷的付出，
而另一方只坐著，等待收穫吧！
情感有時，都是一種等價交換；
在生活上，在現實上，也是互相扶持；
有時甚至可以說，是互相利用吧！

或者，在現今現實社會中，
很需要兩個人的努力，才可建立一處安息之所；
人有時真的，不能說浪漫就可以浪漫；
或許有時，都要向現實低頭吧！

生命中，最重要的，
我相信，仍然是愛；
但為何，我要為你，這樣浪費情感呢？
為何，我要讓自己的心，去繼續這樣受傷害呢？
為何，我總要在落寞孤單的時候，更去思念一個人呢？

等待，應該有個期限吧！

有一天，或許，我真的等不到了；
不是我不想等下去，只是我的心，真是太累了！
我已經，無力再等你下去了……

人生要做的事，或者應該儘快去做，
因為人生的時間，根本就不多；
人生，也應該在可掌握的時候，盡力去愛，
因為，愛的流逝，總會在不知不覺中，消失殆盡……

人與人之間的關懷，也應該切切地去表達；
因為，不是所有的等待，最後，都能夠被得著……

原來，一切對於你的情感，
我仍是一無所有，一無所知，一無所見；
愛你，還是值得的嗎？
是否有一天，我終於會失去了你？

正當我心中的淚水，不知向誰人解釋說明時；
正當我心中對你的失望，逐漸堆積時；
正當我心中最大的希望，慢慢失落退去時；
愛，就在不知不覺中，慢慢地溜走了……

愛，從來不會是一下子消失的；
愛，只會在默默無聲的淚光中，在我再沒有笑容底下；
在我眼中逐漸失去光彩的時候，
在你還以為，甚麼都沒有發生過的時候；
我的愛，就在此時候，慢慢地消失了……

愛，可以長存；
在生命中的每一刻，
愛，都可以讓人，感知生命中的真實……

我心中，真的恨你！

其實你知道嗎？
去年這個時候，在我親人彌留之間，
那時候，我最需要的是安慰和同行；
但想不到，就在那時，你卻深深添加了我的傷痛……

你說你對我存有不滿，你說我需要改善，
才能陪我繼續走下去；
你說希望我們暫停關係，讓彼此冷靜；
你說的所有話，其實我甚麼都聽不進；
我心裡已經很痛，
我沒有想過，
你會在我最痛的時候，去說上這些話……

在我親人離世的時候，在我忙於處理喪事的時候；
在我生命中最軟弱的時候，你居然不顧我的感受，
對我說上這些話；
其實，你有真正愛我嗎？

辦理喪事的時候，我不哼一聲，
因為，我已無力再和你爭論下去；
但當一切平靜下來時，
我就告訴你：「我們到此為止，
不是暫停關係，而是永不再見……」

我們就此完結吧！
因為在黑暗中，在我最軟弱的時候，
我知道，誰才是我生命中最重要的人；
我知道，我最需要的人，並不是你！

原來，你只是我生命中的一點塵沙，不屑我一顧；
你只是出席了我親人的喪禮；
前前後後、大大小小的事，你都沒有幫忙；
你更說了很多難聽的話，讓我在難過中，更難受……

在黑暗的日子裡，我差不多情緒快要崩潰時，
我想著甚麼，才是生命中最重要的人與事；
就是我的親人……
或許第二，就是金錢；
因為金錢，還讓我有安全感，
起碼在我有需要時，金錢，能夠給我一種安穩的生活……

人總有反面絕情的時候，
人心，在現實中，總有很多不明所以的時刻；
在我最軟弱的時候，加添我困苦的人，
我心中，真的恨你……

今天我掉頭走了，我也不想再解釋甚麼了！
再見了……

我好像在，一個人旅行——

今天我一個人坐在酒店的露台上，
一個人吃著早餐和午餐……

其實在我愛著你的時候，
你的缺點，我真的一點都不介意嗎？

是的，你有很多缺點，
就是很多時候，你都沒有顧及我的感受；
很多時候，你都太有自己的意見，
你從來就不喜歡聽聽我的想法；
你常將自己無限地放大，
卻將我的意見，放在最後；
你根本就毫不尊重我……

不過，當我喜歡你時，
我會覺得，這是你的個人風格；
這是你的堅持，我還會尊重；
但是，我不知道，這份忍耐，可以去到幾時？
因為忍耐，總有一個盡頭吧！

當你一點都不顧及我感受時，
其實，彼此的關係，還有甚麼意義呢？

今天我們二人，到外地旅行；
你說我起床太遲；
你沒有等我起來，就獨個兒出去遊逛了……

難道旅行的日子，我也要急忙的早早起來？
平日忙碌的工作，我已經累透了；
為何在旅行的日子中，也不能讓我放鬆一下？

我們總有大大小小的磨擦，
你總是想著你自己的感受，總不看顧軟弱的我；
我們今次旅行的目的，
就是因為彼此相處時間太少，平時交流的空間也太少；
我們需要有個地方，有一處空間，
可以讓我們彼此歇息，讓我們彼此談談感受；
或許這樣，可以讓我們，再次找回一些初戀時的感覺……

但是原來，一切以為很簡單的事，
要實行起來，卻非常困難……

在旅途中的日子，你常常很早就起來；
你說要多看看當地風景，你要多拍攝當地照片，
然後放上社交網站；
你還要查考當地各美食，各名勝景點；
你覺得一切，都不可遺漏；
旅程中的每一刻，你都覺得不應被浪費；
你說，時間不應被浪費，機票及酒店，更不應被浪費；
旅途中，你享受的，就是填滿每一刻的空間和時間……

但是我已說上許多次，我真的覺得很累了！
旅行，其實我是想好好休息；
我更想在休息安靜後，我們可以有空間，面對面地傾談；
然後我可以只看著你，你也只是凝望著我，
找一個安靜的咖啡廳，大家作一些，深度的分享……

曾經我們彼此深深交往的日子，好像離我們很遠了；
好像很久很久以前，才會發生；
我們好像經年，都沒有認真的去深談一次；
原來我發覺，在旅途中的你，仍然是你，
旅途中的我，還是軟弱的我……

風吹過我全身，今天我覺得很冷……

我一個人坐在酒店露台上，一個人吃著早餐和午餐；
然後我看著外面美麗的景色，
我卻默默地，流下了眼淚；
我覺得很難過，我感覺在旅途中，你離棄了我……

在香港，我還可以在家中，做自己的事；
在香港，我還可以下街，在熟悉的環境中走走；
但是，在這陌生的異國國度裡，你居然留下我一個人；
我真的覺得更難過，
我對你，真的失望透了……

或者原本去旅行，是希望彼此能夠修補關係；
但想不到，今次我們將彼此的關係，弄得更僵……

我望著遠處的風景，很美好、很安詳，
但我的心，卻很沉痛……

我不知道這種關係，可以如何走下去？
我們的情感，還可以再維持多久？
我告訴你關於我的感受，我還可以再說上幾多次？

或者習慣是常有的；
我已經習慣，不再微笑；
我已經習慣，不再去表達自己；
或許我也在準備習慣，沒有你的日子了……

我不是甚麼，都可以為你犧牲……

聖誕節是甚麼呢？
聖誕節是普天同慶的日子，是主耶穌降生的日子；
也是祂出生，準備在 33 年後死亡的日子……

耶穌為人類而犧牲；
我想，今天，其實我又有多愛你？
我有打算為你犧牲嗎？

剛認識你的時候，我有打算愛你嗎？
當然沒有吧！
剛認識你的時候，又有打算為你犧牲嗎？
更加沒有。

或者除了親情，一切情感關係，都只是一種等價的交換吧！
你長久的默然不語，你長久對我的冷冷淡淡，
我還可以忍耐多久？

我縱然心中對你有愛，
但我自問，我對你的忍耐力，確實有限；
我已經盡了最大的努力去愛你，去包容你，去等待你……
但這種等待和包容，可以無止境的嗎？

你知道嗎？
我只是一個凡人，我沒有一份很偉大的愛；
我只是一個凡人，我不是甚麼都可以為你犧牲；
我只是一個凡人，我要的，也只是一份簡簡單單的愛……

我想要的，只是彼此直接的相交，一份彼此相知的付出與交流；
但為何這種卑微的要求，好像也總達成不了？

我望著街上閃閃發亮的聖誕樹，
究竟甚麼時候，我可以再次見到你？
我望著天上耀眼的星星，
究竟甚麼時候，你會對我說一句：
「我知道，你愛我，謝謝你為我所付出的……」

無論如何，我衷心的，祝你聖誕快樂！
其實，我不能為你付出很多，犧牲很多，
但我還是願意，繼續去愛著你；
也請你體恤我的軟弱和有限，
以及珍視，我對你一直，所付出的愛……

我真的不可再軟弱，我需要剛強！

人就是自私的，只顧著自己的嗎？
你說愛裡，沒有自利嗎？
你說愛裡，真的可以永久，
只有我一個人，單方面不斷的付出嗎？

或許付出，因為我想有回報吧！
如果愛沒有回報的話，其實這份愛，又可以維繫多久？

你總是在有意或無意之間，衝動的說上許多傷害我的話；
你只是為了自己的利益吧？
從來，你有顧及我的感受嗎？
愛，真的可以無條件地持續下去嗎？

為何，你常常要說，那些不顧及我感受的說話呢？
今天你又說，我對家庭付出太少，你需要不斷地工作；
難道，我對家庭就沒有貢獻？我常常只懂享受嗎？
我對家庭，同樣也有著付出，
只是你總覺得，你的付出，比我更多；
你總是在計算著……

其實愛裡，真的不可以軟弱，也不可以長期地妥協；
有著你的愛時，我還需要加上個人的堅強！

我不斷的努力，根本不需要尋求你的協助；
我也可以財政獨立，
以至我可以擁有金錢，去做自己喜歡的事；
例如我可以選擇，
購買一件漂亮的衣服，不用處處去詢問你；
我想去一趟旅行，想給家人購買禮物，
我都可以自己作主！

我發覺女生財政獨立，是很重要的；
男生只是在戀愛時期，才會幫忙支付金錢；
在情感的流逝後，你對我金錢上的支援，根本就越來越少了……

富有的你，總是常常與我斤斤計較；
這或許就是人性吧！
人對金錢，從來都無法滿足……

我也有付出努力去工作，你也沒有完全滿足我的要求，
特別是我心理和情緒上的需求……

原來人自身生命的強大，真是很重要；
你知道嗎？
當我也有份付出金錢的時候，我的自信心，才能提升多一點；
在你面前，我才沒有太多的自卑……

共同的協作和努力，是建立一個家庭的重要元素；
為甚麼你常常覺得，自己是特別的好？
為甚麼你常常覺得，自己付出的特別多？
而我，好像付出得特別的少？
為何你常常覺得，只有你，才有這家的主導權？
為何你總是，要我只聽著你的說話？
是否，我連一點主意，都不可以擁有？
要我甚麼事都不作一聲，難道，這就是我對你的尊重？

工作、家庭、你的冷言冷語和不體諒，
有時，我覺得人生，真的是太累了……

我愛你愛得深，傷得也更深……

當我發現，完全抽離不到時，
原來我愛你的心，是那麼的多……

從來愛得深，傷得也深；
我愛你愛得深，傷得也更深；
但我從來都沒有後悔……

我也不知道自己，最初究竟投放了多少的情感；
因為，真的連我自己，也估計不到……

愛一個人，可以如此的深嗎？
怎樣才可以判斷，自己究竟投放了多少的情感呢？
就是當我想抽離的時候，要用上許多的氣力；
當我發現，我是完全抽離不到時，
原來我愛你的情感，是那麼的多……

或是另一個方法，令自己沒有那麼受傷，
就是，繼續愛你下去！
因為這樣，我就可以不去計較；
當人不去計較時，當人不去執著時，
或者所受到的感情傷害，就不會那麼大；
生命的關卡，也可以進退得舒服一點……

是的，我總是常常不經意地凝望著你，
然後你也會抬頭看著我；
你總會給我一些指導，
我總是傾聽著，我總是靜心地聆聽著……

你是如此的有智慧，有能量；
在你面前，我實在只是一個小女生，好像甚麼都不是……

智慧和聰敏，讓我感到你肩膀的寬大；
你心中的敦厚，讓我覺得和你一起的日子，就是我的幸福；
因為你總是對我如此了解，總能明白我，開解我……

我說理財知識時，你總給予我指導；
我說經濟政治課題，你也有自己獨特的思維和想法，
然後又去指導我；
我總覺得在你身上，學習到很多，我可以感受很多新鮮的事物；
因你是如此的，擁有豐富的人生經驗，
而你這些經驗，也豐富了我……

每一次與你傾談，我總有得著；
每一個星期五的晚上，我總等待著晚餐的時刻，
然後，我可以留心聆聽你的分享，聽你訴說著每一個故事；
我也同樣說著我的故事，讓你去分析，去分擔；
漸漸的，你已經成為，我人生中的最大倚靠……

有一次，我急需一筆不少的金錢，
你毫不猶豫，義不容辭地借了給我，還說不用急於還款；
當然，我也已儘快清還；
我很感謝你，對我最適時的幫忙及信任……

香港是一個爾虞我詐的社會，
在金錢上願意信任另一個人，幫助另一個人，一點也不容易；
我想，你對我，也有一點點的愛意吧！

香港也是一個急速發達的社會，能夠找到一位人生導師，
一位有智慧的人去傾心吐意，也實在不容易……

外面的燈光越來越暗，夜了，我要離開中環了；
我乘搭著公共交通工具時，
我總想著甚麼時候，我們可以真正的走在一起；
而不是我踏上我的歸途，而你就回你的家……

一直以來，你對我都沒有甚麼表示；
你只是每星期五晚，和我一起晚飯；
然後，再多飲一杯白酒，你我就各自回家了……

你說，你希望安於現狀，
你沒有成家立室的心，也不想結交甚麼女朋友；
我不明白，也更不了解，
為何像你這樣優秀，有資格，又有經驗的人，會是這麼的選擇？

當然，我還是尊重你，我們就這樣交往了兩年；
但是歲月，不可能在一個女生身上，不斷的蹉跎下去……

今晚，我真的情緒很低落，我向你訴說著……
我喝多了一點酒，你也輕輕地擁抱著我；
我的眼淚，不期然地流了下來……

我抬頭望著你，為何，你不可以再愛我多一點？
我想著甚麼時候，我們可以好好的走在一起？
我是多麼的，需要你的愛……

有時我想，我應該是離開你？
還是繼續等待和愛著你？
或者有一天，我遇到另一個願意愛我的人，
我會否放棄心愛的你？

我也不知道，但我只知道此刻，我真的很需要你，很愛你；
但我也很害怕繼續與你交往下去，
因為，當我愛你的心與日俱增，不可再抽離時，
我害怕往後的日子，我會越來越難過⋯⋯

為何，你總不給我們一個機會呢？
我總在夢中，想著你，擁抱著你；
為何，為何，你要如此的對待我⋯⋯

我只會將愛，給予願意讓我去愛的人……

人生時間從來有限，我們不應浪費……

有些人，你對他好，
付出心力，付出時間，付出愛；
然而，他對你，卻是不聞也不問，甚至捨你而去……

在有限的生命中，他不單浪費我的愛，
其實，也在浪費我的生命……

每人的生命和時間，都是有限的，都是寶貴的；
某程度上，時間只可以給予一小撮的人；
當我浪費了有限的時間在你身上，
終究，最後是再追不回來的……

與其說，是別人浪費我的時間，
不如說，是我自己，在浪費自己的光陰吧！

或者我應該要做的，就是去檢視，
哪些關係，總是徒勞無功，我根本就無能為力；
因為，有些人對我，總是毫無反應……

或許，我應該儘快斬斷這些關係，回頭是岸；
將時間，歸還給自己；
又或是，將愛，給予一些，願意讓我去愛的人……

你為何總是欲言又止呢？

我和你在相處時，總有著一種不知所措的感覺……

為何，你總要欲言又止呢？
為何，我們總差這一步呢？
為何，你總不能夠勇敢一點呢？
為何，你總要將心事埋藏著呢？

只要你願意說上一句話，
我們的關係，就可以更清晰明確了……

是嗎？就是這麼簡單嗎？
還是在生命中，總有著許多的疑慮？
生命中，總有很多的枷鎖？
又或是在生命中，人心，總有著很多的牽掛……

在我愛著你的時候，只要你也願意說一聲：
「我愛你！」
一切，也就圓滿了……

這亦是我一直的期盼；
可惜，你總沒有說上一句；
難道，你真的對我，沒有絲毫感覺嗎？

或許，生命中最愚蠢的事，就是去逃避感覺！
在最應當說上一句話的時候，你卻不發一言……

如果你總是欲言又止的話，一段感情，就會如此白白的溜走了；
如果你沒有愛過我的話，那也請你告訴我！
好讓我去放手，好讓我離去；
好讓我，不會再因你而不斷的難過……

你知道嗎？
你總是對我特別的好……
在公司裡，每一次購買禮物的時候，
我知道，你總會選上一份最名貴的送給我；
是的，已經有人在背後非議說，你濫用私權；
在管理下屬的事上，說你總是不公；
但你並沒有懼怕，你總偏幫著我……

我也很小心，儘量不想你惹上任何麻煩，
因為我知道，你在崗位上，也不是很方便；
但是，你就總是這樣的，照顧著我……

每一次，你想與我再深入說話時，你總是欲言又止；
我們坐下一起吃飯時，我以為你會說上一句「我愛你」；
怎知，你又是再沒有說下去……

最終，我們拖拖拉拉兩年多了；
就這樣，我們的感情，由淡變濃，再由濃轉淡；
最後，總是沒有任何結果……

我和你的相處，總有著一種不知所措的感覺；
我不知道，應該以甚麼的身分，去對待你；
你總對我特別的好，
但卻總沒有正式表明一聲，也沒有說上一句確實的話……

時間，就是這樣慢慢的過去了，
我明示暗示，表達了我對你的愛意；
但是，你總在想說甚麼的時候，
最後，卻甚麼都沒有再說……

今天 ，一位男生向我示愛；
我在想接受與不想接受他之間，我真的不知應如何選擇……

因為直到今天，我愛的，仍然是你；
如果你能夠清楚告訴我，你心裡的想法，
我們可以走的路，會是更遠……

你是害怕，所以欲言又止嗎？
還是，你根本沒有愛過我？

這是一份，一直被觸動的感覺與情緒；
在無盡的空間中，我已向你展現了，無盡的愛……

愛，從來是不求回報的……

每經歷一件事，又會認清一些人；
認清究竟他是愛你，還是不愛你……

有些人，你放他在心底，但是轉念，他就已經不理睬你；
甚至可以無聲無息的，把你刪去；
可以無聲無息的，斷絕彼此的關係……

這樣，你為何還要將他，放在心上呢？
為何還要，為他而難過呢？

是的，有些人，當你看清楚後，
你就不會，再看重和他的關係了……

又或是因為，我算不上愛他；
或許，我只是希望，一場等價交換罷了！

但有些人，同樣也置我於不顧，
不過，我還是繼續想念他，我還是繼續選擇去愛他……

為甚麼會有這份差異呢？
因為或許，這就是愛與不愛一個人的分別了！

原來真的愛上一個人，可以超越一切；
可以超越，他究竟愛不愛我！
可以超越，一切的難過；
然後，我最後還是選擇，單單地去愛著他……

如果沒有這份不介意的話，一定要有回報的話，
其實，又算是愛嗎？

我想有愛的回報嗎？當然還是想有的；
究竟我愛你，愛得痛苦嗎？其實還是痛的……

很多人說，該停止去愛一個不值得愛的人了；
但是，我還是寧願選擇繼續去愛你，
因為你知道嗎？
若然我不愛你，我的痛苦，比現在的還更大，還更多……

我們彼此的情感戶口

今晚，你可以給我一個緊緊的擁抱嗎？
今晚，你可以溫柔地親吻我嗎？

其實一個人，會願意對另一個人，有多好？
人從來就是自利的，最愛的，只是自己吧！

大難臨頭各自飛，是真的吧！
我相信有時候，你是真的想愛我；
但心靈願意，但肉體上，你卻軟弱了！

夫妻本是同林鳥，大難臨頭各自飛。
那情侶呢？你見到更好的女生，就會放棄我吧？

說穿了，人總愛追求更好，就是因為更愛自己吧！
當有更好的選擇時，或許，我也只是你的後備罷了！

人生追求的，不止是異性，
還有財富、學識、工作成就等等；
所以你總愛將時間，先放在這些事情上吧！

我，只是在你一切安頓以後，最後的一個選擇罷了！

或者，你會覺得，我一個人生活，都可以；
但希望你能明白，我還需要被陪伴，我還需要被了解；
我的心，也需要被定時撫慰……

你忘了之前對我的承諾嗎？
你以為，我總會在寂靜的家中，等待著你嗎？
其實我對你的愛，你知道嗎？
就是這樣，在不知不覺中，流逝掉了……

或者，你常常說你的工作很忙，經濟壓力很大，
你需要不停努力工作，才能應付生活上的各項開支和所需；
你說你根本沒有太多時間，去不斷照顧我的情感需要……

我明白，在香港這急促繁華的社會中，
一個人，可以分配給另一人的時間，真是沒有幾多，
但有時候，生活，是否可以簡單一點？
物質追求，是否不用太多？

人生匆匆，其實只是數十載，
你將時間都投放在工作上，其實最後，又得到甚麼呢？
我們的愛，都已經在不知不覺中，褪色掉了……

我的心，不能再繼續盛載孤寂；
我常常只有自己一個人，在心靈上默默的嘆息；
我開始，連多一點堅強的感覺與勇氣，都再沒有了……

其實每兩個人，都有一個感情戶口，有進亦有出……

情感和愛，輸進戶口多，情感和愛的結餘，也會多；
偶然提款一次，吵架一次，也不要緊；
最害怕的，是一直，我們都沒有對情感戶口，有所存款和增進；
彼此一爭吵，便甚麼愛和情感，都再沒有了……

你可以檢視一下，我們彼此的情感戶口，究竟還有多少結餘？

如果只有我一個人，單方面的去關心你，而你從來都冷待我，
我們戶口裡的存款，真的所餘無幾了……

人與人之間的關係，其實是很容易破裂的；
可否讓我們，更珍惜彼此的關係？
可否讓我們，能將更多的愛，放入屬於我們的情感戶口中？

今晚，我們可以溫暖地，共晉一個晚餐嗎？
今晚，你可以幫忙我做一點家務嗎？
今晚，你可以更多聆聽，我的心事嗎？
今晚，你可以給我一個緊緊的擁抱嗎？
今晚，你可以溫柔地親吻我嗎？

不要在情感戶口乾掉的時候，才去存款，
因為那時，可能一切，都已經太遲了；
情感戶口，可能已經被封上了；
一切的愛，都流失掉了……

其實，大家都不會知道，誰人會陪伴誰，走到最後；
但我總珍惜這刻，與你相遇交集的時間；
我也珍惜每刻，與你的相處，
因為，我還是如此的，深愛著你……

人生就是一份觸感；
這一種感覺，可以是默默付出的，不歇不捨的……

我沒有勇氣，再愛你多一次……

是的，我沒有了我的親人，我也沒有了你……

是他們提醒我，原來我曾經，是這麼的喜歡你；
但你卻在我最需要你的時候，離棄了我……

或者今天你回頭，再找我的時候，
我已經對你，沒有一切的感覺；
因為在我最痛苦的時候，
在我最需要你的時候，你卻選擇放棄我……

我用上很大的氣力，去接受你離開我的事實；
我也用了很多的方法，去忘記你……

當我已經忘記你的時候，
我發覺，我也再沒有勇氣，去愛你多一次……

或許我還是愛你的，
只是我害怕，再一次受到你的傷害……

你不會知道，人心底裡的驚惶，
就算有幾多的愛，去再作修補及撫摸，
也不能戰勝當中的恐懼；
因為曾經受重傷的恐怖，已經籠罩了我全身……

我不想再多一次去經歷，這種可怕的感覺；
我也不想再多一次去感受，這種被拋棄的恐懼……

所以，請你不要再找我了！
愛你，對我來說，已是過去式了；
對不起，再見了……

曾經痛苦的記憶，不是說忘記，就可以忘記……

我們的情感，在不斷的爭吵中，慢慢地耗盡了……

這是一份可怕的記憶，
你在我心中，是一位可怕又可恨的人；
今天，我不想再提起你……

我也不想再聽到你的名字，我想在記憶裡，塗抹了你；
我想徹底地去忘記你，
因為你曾經給我的傷害，實在太大……

曾經，你是如此的辱罵我，侮辱我，公開的批評我；
被公開批評，你知道嗎？是很難受的！
我連一點個人基本的自尊，也再沒有了！
你讓我，再不能抬起頭來生活……

我被你的說話，深深傷害著；
曾經痛苦的記憶，不是說忘記，就可以忘記；
不是說原諒，我就可以原諒你……

如果這麼容易去原諒，就不是甚麼深刻痛苦的經歷吧！

昨天你的說話，又再一次深深傷害了我；
言語的殺傷力，從來不可被輕看；
你的話語，傷及我曾深深隱藏著的傷口；
你說：「我很後悔認識你……」
你說：「我不明白，為何你會變成這樣？」

其實，是我不明白，為何你會變成這樣？
你對我毫不體貼，總對我呼呼喝喝……

你以為事後，隨便對我說一句道歉的話，
就可以讓我忘記所有你的過錯嗎？
你以為事後，隨便一句安慰的話，
就可以讓我，每一次都原諒你嗎？

或許原諒會是有的，
但是曾經有的傷口，以及不斷堆積的難過，我卻總不能忘記；
我對你，慢慢地，累積了一種戒心……

我們的情感，在每天不斷的磨蝕中，
在彼此情緒的失控中，慢慢地，都溜掉了……

我明白，世情是冷的；
現實生活，從來一點都不容易；
在忙碌中，彼此的相處，根本一點也不浪漫；
人生，就是一場沒完沒了的掙扎……

在不止息的煩憂中，
我們的情感，同樣也在不斷的爭吵中，慢慢地耗盡了；
不單愛被磨蝕，
在我心中，對你，現在不止是恐懼和厭惡，
更有一種，無盡的，和說不清的傷感……

一份假裝的愛

要相信自己的感覺，要感應自己內心的感受；
你總會知道，他是否真正愛著你；
從來沒有人，可以代替你去說話……

或者經歷許多後，讓我知道，金錢或許重要；
但在生活中，我需要的是愛，我更需要被愛；
而我愛的，就是你……

然而，人總活在現實中，時間總是要去追逐財富、事業；
你與我，也沒有太多時間，可分配給愛情；
以至我們之間的關係，其實，只是流於表面……

愛情與麵包，在這世代，人人都選上麵包吧！
是的，我也是如此……

或者情感生活，都只是一份互相欺騙；
以使人與人之間的關係，更為和諧吧！

今天你告訴我，你愛我；
其實都只是一份假裝，一個藉口罷了！
因為你不這樣說，大家的關係，就會破裂了……

維持彼此的關係，在現實生活中，是重要的；
因為當你選上了我，選上這一段關係的時候，
你惟有繼續利用假裝，
先去欺騙自己，再去欺騙別人……

關係的保持，讓我感到生活穩定的快樂；
同時，卻也感受到難過……

我甚麼時候最傷心呢？
就是在夜深，當我一個人靜下來的時候，
我就知道自己，根本並不快樂；
我也知道，我愛著的你，其實只是一直，在假裝愛著我……

原來，我從來也對不起自己的感覺；
每天，我也在接受著，你假裝的愛……

每晚，你都會好好親吻著我，才讓我睡覺；
然後，當我睡了以後，你就聯絡她……

是的，我知道；
在一次無意中，我知道了……
或許因為你太累，你忘記關上你和她的通訊記錄；
我早上打開電腦頁面，我見到不想見到的事；
我終於明白，為何你每到夜深，都是如此的忙碌……

原來，你一直都如此仔細地，假裝愛我……

你想繼續維持我們這份假裝的關係嗎？
不要告訴我，你的假裝，是因為你還愛我……

我現在，還需要金錢，我還需要安穩的生活；
我和你一樣，我也需要假裝……

會的，有一天當我強大，我就會離開你；
縱然，我還是很愛你……

因為，你知道嗎？
假裝的愛，讓我覺得很痛苦；
或許在真正的愛中，沒有人能夠，接受被欺騙……

我們總不能在相同的調子中，讓愛有更深一步的演進……

愛，從來就是一份堅持；
在任何艱難的環境中，也不應該放棄；
因為當你值得被我所擁有的時候，
當你值得被我去愛的時候，
我願意放棄一切，我願意竭盡所能，去愛著你……

但是，你可以認真地，理解我的感受嗎？
你可以為我，放棄一點你的工作時間嗎？
你可以為我，放慢一點腳步嗎？

尋求自己的所愛，我認為，是這世上最值得做的事；
但你會覺得，學歷、金錢、工作等，都比我重要嗎？
如果是的話，我無話可說……

記掛著一個人，很容易，
但能留著一個人的心，卻一點也不易；
生命中，不同人，總有許多不同的價值觀……

人與人之間，從來付出與收穫的比例，都不能一致；
在人生不同的階段，或許，彼此所追求的，亦不一樣……

你想要的，我今天，已不想再要；
明天我想要的，你已不想再擁有……

從前，我想追求財富與金錢，
但當我已擁有一定的財富後，我想尋求心靈上的質素；
而你，從前只愛追求學術上的理想；
但今天，你卻覺得，金錢和財富，才是最重要……

所以，就算我如何努力，如何堅持，不去計較；
但到最後，我們的關係，又是如何？
無論怎樣磨合，我們都總不能，以相同的步伐一起邁進……

每人心中，都有不同的追求，
因為，人總想追求更高的境界……

你，或許只是我一場，最遙遠的夢；
我們，總是不能在相同的調子中，
讓愛，去作更深一步的演進……

part. 3

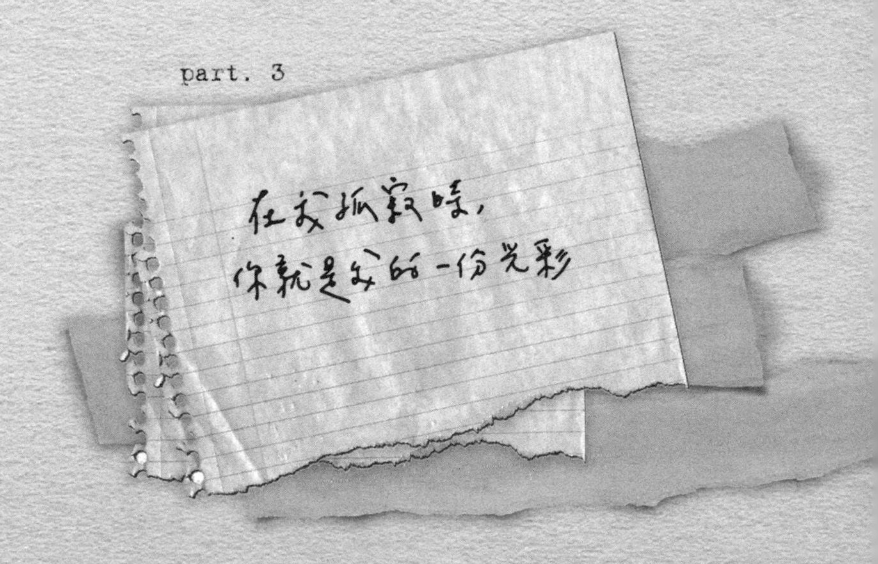

謝謝你，愛過了我！

曾經，在我孤寂時，你就是我的一份光彩，為我照明黑暗……

其實是否，這是一種習慣……

我已習慣久了，沒有你的消息；
我已習慣久了，沒有你的片言；
我已經習慣了，你的一份無聲無息；
我已經習慣了，沒有你的日子；
我已經習慣了，一個人寫作的生活……

或者，當我習慣這種感覺時，
原來我發覺，其實，我總是在流著淚，我總是越想越難過；
因為，我總是想起，我們彼此曾經歷的美好緣分；
這是我在下一生，再也找不到的一種情感，
只屬於你與我……

謝謝你愛過了我！
在這深秋的晚上，在這滿佈芒草之地；
其實我的心靈，現在，最需要的，是一份安息……

我曾經想，人生中，有甚麼是最美好的事？
就是，我曾經遇上了你……

縱使我知道，我現在已不再被愛，但我還是覺得快樂；
因為感恩，曾經，你總能讓我的眼淚，慢慢地流下來；
從前我看著你的時候，我總是加倍的愛你，
因為，我對你，就是如此的疼愛……

曾經，你是我人生旅途上，點燃著的一點火光；
在璀璨明亮的一刻，讓我找到了前行的方向；
你讓我在無望時，能夠繼續向前行……

曾經，在我孤寂時，你就是我的一道光彩，為我照明黑暗；
你成為了我生命中，一抹不可或缺的彩虹；
縱然，我知道，我已經不再被愛……

將來有一天，你還會再愛我嗎？
無論如何，也謝謝你，曾經愛過了我……

擁有你，就是幸福……

是的，我只單單喜歡你；
其他與我談得來的，就只是合眼緣吧！

是的，每天我都接觸很多人，都遇上很多事；
但總沒有一個人，能夠吸引我；
和他們說話的時候，我總是想起了你……

我不知道這種感覺，還可以維持多久？
我也不知道，這種思念，可以在我心中，能夠繼續存在與否？
我只知道，每當想起你，我心裡總感到快樂；
我心中，總帶著一份甜蜜，然後想著，你或許也能愛我……

是的，這是屬於我一個人的感覺；
我總享受著，每個思念你的時刻……

我幻想著，我能夠被愛，我能夠被你需要；
我就會感受到，一份幸福……

我知道，愛不是必然的；
我也知道，我不是特別有甚麼條件，
我也不是特別美麗，我更不是特別溫柔；
以至，你願意喜歡我……

是的，我幻想著，你能看上我；
是的，我幻想著，這就是一份幸福；
因為能夠被愛，感覺，總是流過我全身；
能夠被愛，我知道，每一刻，總有人在等待著我；
能夠被愛，我知道，在這彎曲悖謬的世代，
在這最紛擾煩憂的世代，
總有人不介意地愛戀著我，保護著我……

我幻想著，暖流的來源，就是你；
擁有你，這就是幸福……

可否，讓我們嘗試去相愛？
因為我已經，習慣性地愛著你；
我也真的，很需要，你這一份愛……

在內心深處，我總有一種隱藏的感覺，
我總有一份不能言喻的感情；
從來，都不會有人知道……

生命中，被了解和被重視，
就是一份最珍貴的禮物……
——

我相信聖經中的故事，是最充滿情感的；
當中記載，主耶穌在井旁，
和一位有五個丈夫的女人傾談的故事……

那女人常常專選正午，陽光最酷熱的時候出來打水；
因為這時候，總沒有甚麼人；
她一直害怕別人的目光……

或者，她從來都沒有想到，自己會被明白；
原來耶穌明白她，能夠理解她，體諒她……

人從來的不快樂，
就是不能被明白，就是不能被了解……

主耶穌就是能夠觸摸她的內心；
耶穌問她有多少個丈夫，她說沒有；
最後耶穌點出，其實她有五個丈夫……

或者這女人，根本就是缺乏愛；
為何她會有五位丈夫呢？
她根本，就是找不到一個愛她的人……

擁有五個丈夫，其實根本，就是一個都沒有；
她只是在五個男人中周旋；
那些丈夫，也不一定只有她一位妻子；
這女人的情感生活，
其實一點都不容易，也一點都不快樂……

其實，她被世俗羞辱，
根本沒有人愛她，更沒有人看得起她；
她一直，都不曾擁有愛……

愛，從來是人心中，最卑微的倚靠；
愛，從來是生命中，不可或缺的一種需要……

在愛與被愛的過程中，人從來需要被明白，被諒解；
然後，人才可以勇敢的接受自己，繼續生活下去；
人只有在愛與被接納中，才可以繼續尋找，內心中真正的自己；
以及尋找到，一份最真實，最想擁有的感覺……

主耶穌和這女人所談的一席話，是多麼的有價值；
耶穌說：「其實你不是沒有丈夫，你已經有五個了……」

耶穌沒有責備她，也沒有挑戰她，更沒有說她犯罪；
耶穌只是在提醒，她心靈中，其實是有需要，是有被愛的需要；
耶穌希望，她能夠找到生命中的活水，就是真愛……

耶穌，總是溫柔的……

其實不只在愛情中；
在生命中，人能夠被明白、被了解和被重視，
就是生命，一份最珍貴的補償與安息……

人世間，人總在尋覓真愛；
人有時會軟弱，偶有犯罪；
人也會偶有錯失，常有眼淚；
但是，誰能幫助我們抹掉淚水呢？

或許，被主耶穌明白和接納，也是其中的一道出路……

相知相遇，總帶著一種緣分吧！

在我甚麼都不是時，你就選定了我……

我知道，當我甚麼都沒有時，你已經愛上了我；
當我還是很平凡的時候，你已經愛上了我；
當我沒有任何專業資格，
還沒有出名的時候，你已經愛上了我；
當我還是一無所有的時候，你已經愛上了我……

我知道，這份愛，絕不容易；
我知道，你就是真的，單單愛我；
你不是愛我甚麼，你就是愛上我的靈與魂；
你愛上我的心思，你愛上我的微笑；
你愛上最簡單的我；
然後，你接納了我的一切……

一個人愛另一個人，
不求名，不求利，不求甚麼，只為愛……

在我甚麼都不是時，你就選定了我；
或者，我除了珍惜你的愛，
還有的，就是用我餘生，好好地去愛著你……

感覺，從來是一步一步的建立起來；
感情，也是一天一天的堆積著……

我愛上你，也不是沒有理由；
總有原因，總有一份交集；
每當我看著你，我就是一步一步的，更愛著你……

你知道嗎？
你總是那麼聰慧，你總是那麼溫柔；
在你身上，我總找到一種前所未有的，最特別的感動與感覺……

我喜歡的，你也喜歡；
我明白的，你也明白；
我感受到的，你也能夠感受到；
我能夠掌握的，你也能夠掌握……

人生太短，能夠相知相通，頃刻動心，實在不易；
我只可以說，我們相遇，總是帶著一種緣分……

這是一份，最親密的愛……

或者在生活中，陪伴著自己的是一個人；
心裡愛著的，卻又是另一個人……

心裡愛著一個人；
生活中，又與另一人在一起；
其實，是可以的嗎？

現實中，情感的世界，總是錯綜複雜；
婚姻，從來就是戀愛的墳墓……

戀愛帶來的，是感覺，是美好的，是有選擇餘地的；
婚姻，卻只是一場結局；
如果雙方都沒有包容，都沒有彼此配合，
大家也再沒有甚麼感覺的時候；
這種生命的結合，根本就是一潭死水……

許多人年輕時，就步入婚姻；
在生命的路途中，人卻不斷的成長，不斷的蛻變；
當兩個人都在蛻變的時候，
可以變化很大，也可以彼此越走越遠；
也可以是一個不停的在改變，
另一人，卻仍然站在原點……

從來最艱難的日子，就是大家要維持家庭和婚姻的承諾；
這可是一輩子的事……

誰人可以不守著規則去生活？誰人可以不去面對現實？

或者在生活中，陪伴著自己的是一個人，
心裡愛著的，卻又是另一個人；
是否這樣，就可以兩全其美？

生活，是否需要一種逃避？
已經在婚姻裡的，再去愛另一個人，是否又是一種罪惡？
這是否一種引火自焚的行為？
又或者，這只是一種自我的陶醉？

然後，在這種沉淪裡面，人可能得到生命中的一點興奮劑；
但又有可能，會失去所有的愛；
因為在愛裡，沒有承諾和堅持的話，
愛，是否還可以存活著？

有時，我也覺得很矛盾，究竟甚麼才是最標準的答案？
真誠的面對自己嗎？

或是，在平凡生活中，去發掘平凡的愛？
我能與你，好好地走在一起；
將所謂浪漫的愛戀，去徹底忘記？

或許愛，已經不再是一種感覺，而是變成一份親人式的感情；
親情，是不能被選擇的；
當大家望著親人的面孔時，就要互相扶持；
就要彼此繼續努力，一起走下去⋯⋯

是這樣嗎？我很茫然⋯⋯

今天，突如其來的一個電話，我知道，你出事了！
我第一時間，放下手上所有的工作，然後趕去醫院看你……

車禍的損傷，從來無人可以知道結果……

在趕到醫院的路途中，我的心很不安，這是一種很害怕的感覺；
我很害怕你出事！
我突然，很害怕失去你……

與你一起的日子，雖然我知道，我內心似乎不再愛你；
但是，你已經成為我生命中，一道不可改變的痕跡；
你已經，是我生命中的一部分；
你和我，已成為生活中的一體，彼此密不可分……

或許，你已經成為了我的親人；
雖然我們之間並沒有血脈關係，並沒有真正的親情關係；
但我們卻比親人，來得更親密……

我禱告向神說：「如果你能繼續生存，我寧願放棄心中所愛；
我只願能夠繼續，和你走在一起……」

到了醫院，當我見到你的時候，
我的眼淚，崩潰地流下來了……

原來，對親人的那一種愛，是更加真實的！
是更深的，更情不自禁的……

在愛中，我感受到自己的存在……

或者，當別人無法理解我，無法明白我的時候，
你已經明白了我，你已經理解了我；
一切，你都從我的好處出發；
一切，你都為我的好處著想……

你總想我達成願望，你總想我快樂；
是的，要到哪天，我才能讓你快樂？
還請你不要離開我，還請你用心等待著我……

我知道，生命中，能夠有一位，
無論如何，一直欣賞我，牽掛我，愛著我的人，就是幸福！
這份幸福，我知道不是必然的；
沒有人能夠確定，可以在往後的人生中，
能否再次遇上這份愛……

想著想著，我心很甜，因為，我知道你也愛我；
但是，我亦很忐忑，因為，我害怕有一天，我會完全地失去你；
我想起，也會覺得痛苦！
因為，我真的不能夠沒有你；
我不會讓你離我而去……

愛，我知道，從來就是一種選擇；
我選擇去愛你的時候，
同樣，你也可以選擇不愛我……

我總是默默的，無言的，帶點懼怕的，去愛著你；
就是這麼簡單，就是這麼隨心隨意；
因為，愛著你，真的，我感到幸福，我感到快樂……

在愛中，我感受到自己的存在；
在愛中，我也找到曾經的自己；
我總是認真地，去愛著你……

或許，我也常常告誡自己，
無論在何景況，我愛的，仍然是你；
儘管四周環境變遷，在物質生活的重重引誘下，
我愛的，依然是你；
因為我今生想要尋找的，都已經尋找到了……

而你呢？
你也會一直，選擇去愛我嗎？

患難中，才見到最真實的愛……

我要的，只是在黑暗中，在絕望時的一個擁抱……

請不要隨便去揭露別人的傷口；
每一個人生命中，
都總會有一份難言之隱，都總會有一份不能言喻的痛；
不是可以清楚地，向你解釋……

這種痛，或許當你未明白的時候，
也請你不要隨便去質問我：
「你為何這麼軟弱？你為何總是自找煩惱？
你為何不能夠剛強……」

從來，沒有人可以完全地，明白另一人的想法；
你知道嗎？
我曾經被人狠狠的打擊，我曾經失去自尊，
我曾經失去所有的工作……

當我甚麼都沒有時，還有人會問：
「你不是基督徒嗎？你不能去原諒他們嗎？」
更追問：「你不是應該這樣做嗎？
你不是應該那樣做嗎……」

無數的指責，無數可怕的眼光，無盡難聽的言語；
總令人在最痛苦的時刻，經歷更多的痛楚……

我想告訴你，痛苦的時候，再額外加添的痛楚，
那種雪上加霜的感覺，真是何其難受！
快樂的時候，被別人額外加添的快樂與祝福，
反而，就沒有幾多快樂……

你又知道嗎？
在我生命中最艱難的時刻，在你不斷指責著我的時候，
他就出現了，他就剛好站在我面前；
他不問所以地擁抱著我，扶持著我，
陪我走上這一段，我人生中最難走的路……

我知道，我和他，無論在學識上、經歷上、財務上，
都從來不一致，都從來不相襯；
但是人生中，當你經歷了最低谷的時候，你還想要甚麼？
還不是想要一份，內在永久的平安與穩妥……

是的，我要的，只是在黑暗中，在絕望時的一個擁抱；
我要的，只是一雙手，能夠拖帶著我，
讓我再次站起來去生活……

不要問我為甚麼選擇了他，而放棄了你！
的確，在我最傷心的時候，你只懂得忙於你的工作；
你常在不知不覺中，奚落我，嘲諷我；
卻完全沒有說上一句，鼓勵我的說話……

在這個時候，我的打擊，比從前一切都大；
旁人不明白我，我還可以接受；
但我最親愛的你，居然在這個時候，這樣的對待我……

對不起，你曾經，是我的最愛；
但今天，我告訴你，我愛的，真是他！

患難中所見的真情，不單止是真情，
更是一份，最濃烈和最真實的愛……

我知道，你總不會缺席！

你曾經陪我走過一段又一段的路，
也是最重要的每一段路……

每一個人，可以陪伴另一個人的時間，其實有限；
從來陪伴，都不是一生一世；
彼此，只可以一起走上，其中的一段路罷了……

我在人生的這一段路上，剛巧遇見了你；
或者，遇見你，就是在我人生最低潮的時刻；
遇見你，就是我跌得最一蹶不振的時刻；
遇見你，就是在我似乎甚麼都沒有的時刻；
我就在這落泊的生命時刻中，遇見了你……

然後，你陪過我走過這段最艱難的日子；
然後，你讓我，再次從沉睡中站起來；
然後，你讓我，在沉淪中，再次有勇氣地往前走；
最後，你讓我，有信心地再次迎接未來……

是的，你的出現真的很重要；
我在最適當的時候，遇上最正確的你……

或許人心中，都總住著一個人；
在生命中一段最艱難的日子中，
他總不會缺席，他總會陪伴著我；
總讓我，畢生難忘……

當我回望的時候，我就知道，這個人就是你；
我真的需要你，我真的很愛你……

今夜星光如此燦爛，請你不要愛了我，又離我而去；
我很害怕，會被你摒棄於門外……

在我甚麼都不是時，你就戀上了我……

我的幸福，就是因為被你愛著，被你思念著，
以至我在徬徨無助時，生命，總有著方向……

你今天有想念著我嗎？
是的，我享受著被你想念的日子，
因為被愛，總是一份幸福……

被愛，讓我有動力，人生繼續，豁然地走下去……

你的愛，讓我能夠知道，生命面前的方向；
被愛，讓我的自尊，從最低之處，
一步一步的，再次浮現上來；
我能夠再次，尋回曾經失落的自己……

是的，我曾深深受過傷害；
痛痛地哭過，沒有一個人能夠看懂我，
沒有一個人能夠明白我；
你就是最欣賞我，最愛著我，處處保護著我，關愛著我；
你明白我的需要，知道我的難處，總體恤我的軟弱……

在我甚麼都沒有時，在我甚麼都不是時，
你就愛上了我，你就戀上了我；
然後，你對我許下諾言，承諾為我們將來，
一起譜出一首首美妙的樂曲……

我知道，凡事都沒有必然，謝謝你！
謝謝你一直對我最深的情，謝謝你一直對我最真切的愛！
也請你給我一點時間，讓我好好去消化……

我從來都渴望被愛，特別是被你所愛；
你知道嗎？
我也不能失去，你這一份愛……

我似乎不能，再愛自己了……

或者每個人內心，
都有一份寂寞感，都有一種被需要的感覺……

自從我得了大病後，我一直待在家中，沒有工作；
大小事務，你都一手包辦；
你需要工作賺錢，你也需要照顧家庭……

我知道你很累了！
那一年，醫生告訴我，我患了胰臟癌，
發病原因不明，我真是晴天霹靂！

我需要接受長時間的電療及化療；
當中，我經歷了很大的艱難；
我沉默著，因為我害怕……

那個時候，你每天放工，先來醫院探望我，照顧我；
然後再回家，照顧兩個小孩子；
我知道，你非常的辛勞和疲累……

你每天都是如此的在工作點，在醫院，在家，
來來往往；
你從來都沒有放棄我，我很感動；
但是我亦很難受！為何我總讓你受苦？
而我自己，卻甚麼忙都幫不上！

你知道嗎？我現在出院了，慢慢康復了；
我覺得我有一部分的生命，都是屬於你的！

現在有些時候，在生活的張力下，我們都有爭吵；
是的，我總是主內，你總是主外；
主外，真的需要面對許多外在的困迫和壓力；
而主內，就有許多繁瑣的家事……

但你知道嗎？在我心中，你就是恩典，你就是我最大的恩人；
所以每次吵架，最後，我都是選擇默然無聲，忍耐著；
我知道，如果我在大病的時候，不是你的付出，
現在，我根本甚麼都沒有；
連這個家，也都再沒有了……

我知道你為了我，曾經受了很多的苦；
你總不放棄我，只因一切，
你都是為了我，你都是為了這個家……

但是我對你的愛，有時我想，是否只有感恩？
我在你面前，我越來越覺得自卑；
我為家庭，好像總沒有甚麼貢獻和付出……

我不知道，我要帶著甚麼身分，留在這個家庭裡……

我不想和你爭吵，因為你是我的恩人；
我也覺得，自己亦沒有資格和你吵架；
因為，我似乎在這個家，
沒有甚麼地位，也沒有甚麼付出和貢獻……

我知道，你已經夠忙了；
你忙於生活，你也忙於許多家中大小事務的安排，
包括財務及其他；
你知道，我身體不好，很多事，我都無力處理……

你也再沒有心思，去關心我心底裡的需要；
或者，你根本已經再無能力，去明瞭我心靈內的所需；
其實，你知道嗎？我都是有情緒的……

或許你會覺得，我是自私的，我只顧著自己的情緒；
你的付出，已經夠多了！
要被關顧和關心的，應該是你，而不是我，是嗎？

或者，每個人內心，都有一份寂寞感，都有一種被需要的感覺；
而我，在這個家，一直都找不到一個定位，以及一個位置；
我一直都找不到被你，和被孩子需要的感覺……

我愛你，我也愛我的孩子；
但我卻好像，不太愛我自己了……

生命中的最難忘……

人與人之間的相遇，
不只在一些重要的節日，而應是在一生的年日裡……

當中最獨特的記憶，也不只是一些假期，一些旅行；
而是每天平凡的日子……

你不會想到，哪個片段，讓我最難忘；
是我畢業的日子嗎？
是我晉升的日子嗎？
是我得到榮耀讚賞的時候嗎？
都不是……

我永遠記得，在我每一次落寞難過時，
你總深深的凝望著我，擁抱著我；
然後，你總緩緩地說：「你哭吧！我在這裡……」

有時候，人自己也不知道，
生命中哪一刻，會叫人最難忘……

可能是你的一個眼神，
可能是一次你輕扶著我的手，
可能是一次，看似不太重要的事……

是的，那次我親人彌留之際，
我接到你慰問的來電，是我最需要別人安慰的一刻，你就在了；
是的，那次我進了醫院，
我又接到你的來電，在我最需要別人關心的一刻，你又在了；
那次我失業半年，陷入財困的難關時，
我又接到你的來電和支票，在我最需要別人幫助的一刻，
你真的在了……

是時間剛剛好？
還是你的體貼，源於我們曾經擁有的愛和默契？
謝謝你，對我的愛！

我也叫，曾經輔助你……

我選擇了你，我從來都不會後悔；
因為，這就是一種幸福……

我感到不冷也不熱，
或許這是一份，最適合我的溫度……

失落，從來是人生的一種常態；
在生命的旅途中，每人總不能獨善其身；
生活中，總充滿著壓力；
生命中，總會帶著遺憾……

人周遭所發生的事，從來都不能準確被預測；
在人生旅途中，
或許你已受了許多的苦，或許你已經覺得很累，
但是，在困境中，
我們能夠不斷地彼此扶持，我確實覺得感恩……

或者，曾經的一刻，我能夠在生命中與你相遇，
在人生的旅途中，我也曾經能夠輔助你，
我就已經覺得，心滿意足了……

試問世上有哪一齣戲，最後是不會落幕的？

我明白，你的離去，總有著你的原因吧！
不過，你知道嗎？
我最後，卻只有選擇，將悲傷，留給自己罷了……

我只是，在追求心底中的愛……

《鐵達尼號》的浪漫，就是因為當中，
人，不分地位，不分經歷；
女主角就是單單去愛著，最單純的一個他……

一個年輕的小伙子，一位有才華的畫家，
貫穿了生命中的各項機遇；
他積極進取地，尋求自身的幸福；
他，也找到了生命中的方向……

人生好像很長，其實也很短；
匆匆數十載，一閃而過；
自己真心愛著誰，
從來撫心自問，自己真的最清楚……

或者，能得著一種愛的感覺，從來就是一種奢望；
一直縈繞在每人心底中的愛，
會否在無底的深洞中，最後真的可以浮現出來？

大家在訴說著情話時，是多麼的浪漫；
其實許多愛，最後都不能被表述出來，
因為說了，不可能會獲得，更不可能實現；
甚至可能，說穿了，最後，一切感情都再沒有了……

《鐵達尼號》的浪漫，就是男主角的勇氣；
他願意道出，他對女主角的愛；
在地位不對等，身分不對等，年齡不對等，所有的事都不對等時，
他夠膽量去愛上女主角，並說出對她的深愛；
這確實，是一份真勇氣和真浪漫……

其實真正的幸福，是男主角嗎？
我反而覺得，是女主角；
因為她有超越平淡安穩的勇氣，她也超越了自己的恐懼；
她願意去逃離生活上的枷鎖，
最後願意著力，去追求自己心底中，一直渴求的愛……

曾經，女主角已放棄了自己的心靈，放棄了尋找愛的權利；
在沒有可以選擇的情況下，她已經知道，
自己的生命，只餘下一片枯乾，沒有任何可留戀的痕跡；
但是在遇上男主角後，她才發現，世間還有值得留戀的人和事；
縱使結局，是男主角慘死，
然而，女主角對他的愛，我還是覺得，最是珍貴……

曾經留在彼此心中的一份愛，就是一份最大的思憶與牽掛；
也是一生中，最重大的禮物……

或許最終，他們沒有走在一起，沒有機會一起生活，
沒有經歷實際生活上，種種大小的磨擦；
以至一切，都是最珍貴的回憶，可以更留至永恆吧……

女生財政獨立，也是幸福的……

金錢其實很重要，特別對女性來說……

財政獨立，擁有金錢，
我就可以做自己喜歡的事，不用受別人控制；
生活，變得有尊嚴……

今天，我可安靜地喝上一杯咖啡；
明天，我可購買一件屬於自己的禮物；
後天，我可去上一個自己感興趣的課程；
再後天，我可去一趟旅行，尋索我想尋找的國度……

或者，一切夢想，都需要用金錢去支持；
沒有金錢的話，我就需要尋求其他人的協助；
又或是，我再沒有選擇的自由了……

財政獨立是幸福的；
今天，我可以努力工作，盡力投資，儲蓄金錢，
以求達致財務自由；
明天，我又可以暫停工作，去世界的另一端遊歷；
最重要的是，我不需要向任何人交代……

在不同的經歷中，我總享受著，
就是在金錢自由中，換回來的快樂；
金錢，是我靠自己的學歷和努力賺取回來，我享用得很安心；
我也不需向任何人交代；
我可以繼續，對浪漫作出追求；
我也可以繼續，對某些人，作出愛的堅持；
難道，這不是很好嗎？

誰說女生不應該努力賺錢？
我說，努力賺錢之餘，
我也盡力去享受，金錢所帶給我的快樂……

我要一個人，努力地生活下去……

愛情，從來就是計算過的；
入息、學歷、家財等等，都被計算著；
不要天真地說，愛情，是沒有計算的……

你問我，為何一直都沒有對象？
因為，我只喜歡一個人……

我年輕時，碰上了他；
他有才華，有經歷，有金錢，有學識，聰明而睿智；
在我生命中，一直都不能再遇上，這麼優秀的人……

在往後的日子，我所遇到的男生，
我總感到他們有種笨拙感，完全不能和他相比；
他們不是理財不善，就是生活乏味……

我對自己是有要求的，對別人，同樣也有點要求……

或者說坦白一點，我不喜歡去養活另一個人；
我的他，一定需要，有一定的經濟能力……

我養活自己，已經夠辛苦了，我還不想被男生欺騙；
特別是欺騙，我辛苦賺回來的金錢；
我的賺錢能力，一點也不弱……

是的，我喜歡的人，就是不喜歡我；
我知道，我喜歡的他，現在還是單身，
因為他與我一樣，對伴侶的要求，一樣很高；
大家一直都沒有，將擇偶的條件降低……

或者，生命就是這樣，我選著你的時候，你也同樣在選擇我；
以至今天，當你沒有選上我的時候，我仍然是孑然一身……

你問我，我寂寞嗎？我是寂寞的；
因為很多個無眠的晚上，我希望有人聽我傾訴，但總是沒有……

你問我，我還愛他嗎？我還是愛的；
因為，我再也找不到，比他條件更好的人；
其實我對他的愛，一直都沒有改變；
特別是我知道，他仍然是單身；
我對他，一直存有幻想……

你問我，我難過嗎？
我想說，我在想念他的時候，我還是很難過的；
因為，我真的愛過了他……

生命就是這樣充滿遺憾，
不是我想要甚麼，就可以擁有甚麼；
因為，這就是現實；
特別在感情的世界裡……

明天，我仍然要去努力工作，
我還要去賺取金錢，我還要去養活自己……

或者，一個執著的人，一個不願輕易放下條件的人，
註定需要面對寂寞；
註定需要，更努力地，一個人生活下去……

在難關中，你就是我最大的安慰……

人生許多時，總有很多的低谷；
總會記錄著，許多深刻和難過的事……

如果有人在我軟弱的時候，幫助我，
我總會銘記於心，一生也不會忘恩；
但如果在這時候，你多踏我一腳，多加我的痛苦，
我會無言，我會低下頭忍受；
但這份痛楚，卻是刻骨銘心，我也不會忘記……

有時，不是我不想忘記傷痛，不是我想去記恨；
而是，有些事，我真的不能忘記……

我也會教導自己，不要輕易去忘記一些事；
因為，我要去看清楚，每一個人的臉孔……

記得去年的這時候，我受傷了！
有些人在這時候，給我帶來無比的安慰和助力；
但亦有些人，在這時候，加添我許多的痛苦；
他們給我很多難聽的說話，
更給我添上無盡的指摘……

原來在這些時候，我見到雪中送炭；
同一時間，我亦見到無理取鬧……

究竟我，應如何去應對人生？

或許生命中，在困難的時候，
我最需要的，可能只是一句安慰，一張小小的問候卡；
我最需要的，是一個深情的祝福，一個關切的眼神；
或是，一個深深的擁抱……

這些時候，我就會知道，
誰人真心待我，誰人假意逢迎；
我也知道，我所愛的人，究竟在哪裡……

這時候，你會主動與我同行，一起闖過難關……

人生在最艱難之處，莫過於在悲痛中，缺乏同行者；
然而人生最快樂的，莫過於在患難中，
結交了同伴，以及在當中，深深被愛……

謝謝你！
成為我失望痛苦中的一抹幫助！
我會永遠記著你，愛著你……

要彼此協調，才可以一起走下去……

我知道，你很想讓我快樂……

你總想帶我四處遊歷，四處去看最美麗的風景；
你總想帶我四處去玩刺激新穎的遊戲，去看奇人奇事；
你總想帶我四處遊逛，四處去吃美食……

是的，聽起來，你安排的旅程，
真的很豐富，真的多姿多彩；
但你知道嗎？
我在你安排的旅程中，並不快樂……

金錢，其實是買不到快樂的；
我對於這些別人眼中，看來很吸引的旅遊玩樂行程，
一點也不享受……

或許，每個人對快樂的追求定義，都有所不同；
有些人愛清靜，愛閱讀；
有些人愛旅行，愛刺激……

我知道，你就是喜歡四處遊歷；
你就是喜愛尋求刺激，
喜愛探索世界，喜愛追求新鮮感……

是的，新鮮感總能夠滿足你的好奇心；
所以，在每一次的旅程中，你都覺得特別快樂……

但這種快樂，在我身上，卻沒有一點痕跡；
我喜愛清靜，我喜愛閱讀，我喜愛拍攝風景照片；
但並不代表，我喜歡忙碌的旅行……

我喜歡看這世界，但不代表，我喜歡不斷尋索新景點；
或者我們需要作出一些調適，
就是你喜歡旅行，其實，我可否享受我的慢活？

或者，你陪我一個慢活的旅程，可以嗎？
在一處地方，停留一段較長的日子，讓我們可以好好探索一下；
也讓我可以靜靜地紓緩一下，你覺得好嗎？

其實，你不用每天都將行程，排得密密麻麻的；
我知道，每次在旅途中，你很快樂；
你也希望，將這份快樂傳給我；
你希望，我也能在旅途中，得到快樂；
但你不明白，讓你快樂的事，並不代表，也能讓我快樂……

不過我知道，你的原意，是想令我歡樂的；
我心裡，其實，已經很喜樂和滿足了……

從來人與人的關係，都需要不斷去互相調整和刻意經營；
當中，也不是將你認為最好的給予對方，
對方就一定得著最大的好處……

有時，當我照單全收你的好意時，只是我對你的一份尊重；
我只是希望，我在尊重你的同時，你也能明白我……

要做到彼此都快樂，有時真的很艱難，也是一件很複雜的事……

所以人生，需要不斷地檢討，大家才不致走得太累；
大家才不會做出，一些自以為對對方有利，卻在傷害彼此的事；
彼此協調，才可以讓大家，在同一方向中，繼續一起走下去……

或者我們現在，重新做一個協調，請問可以嗎？

約拿單深深的愛……

聖經中的約拿單，是一位王子，
也是以色列國掃羅王的兒子；
他本應繼承以色列國，成為皇帝；
但他卻深深愛著，比他年少三十歲的大衛；
大衛是他父王手下的一員猛將；
約拿單知道，
大衛是神所指派，接續他父親掃羅作王的人……

有時我想，約拿單居然可以這樣深愛大衛！
這份愛，超越了甚麼？
聖經記載，約拿單愛大衛，如同愛自己的生命；
聖經又記載，約拿單因著大衛，
和父王掃羅，大大的吵架起來……

約拿單的愛，不單超越了親情，
超越了財富，超越了權利；
更為了對方，願意捨棄一切，甚至是王位……

而他父親掃羅，也不能明白，兒子為何可以這樣……

或者，許多人都覺得，因為約拿單明白神的心意；
神是要讓大衛作王，約拿單也不應再去爭取甚麼；
但我還是覺得，約拿單實在太愛大衛了！

他的愛，超越了人世間的愛；
人世間，誰人不愛權力？
人世間，誰人不愛王位？
人世間，誰人不愛金錢？
約拿單卻是如此直接和坦率地，只愛大衛……

大衛也深愛著約拿單；
他們沒有任何血脈相親，也不是婚姻上的相愛；
但為何生命中的交流，可以如此深刻和扎實？

不過有時我想，大衛真的很愛約拿單嗎？
大衛不是在約拿單戰死後一大段日子，
才去尋回約拿單的兒子嗎？
大衛不是在經過很大段日子後，
才去照顧約拿單唯一在世的兒子嗎？
如果你真心愛一個人及他的後代，真的還會等候這麼久嗎？

的確，約拿單真的很愛大衛；
但大衛，我卻覺得，並不真的很愛約拿單……

有時人與人之間相愛的程度，或許總有差異；
一個人，總會對另一個人的愛，更深和更多吧！
我想，約拿單，也不會太介意……

縱使大衛說愛他，其實大衛對約拿單的愛，
我覺得，還是有限的；
不過約拿單應該不會知道，因為他比大衛，更早離世了……

情，收於心底；記憶，積存心中；
可以更歷久而彌新……

我願一生愛著你！

我不是一時一刻的愛上你，而是慢慢地，愛上了你……

有一種愛上，叫即時愛上；
有一種愛上，叫慢慢愛上……

即時愛上，或許是基於一份外在的吸引力；
慢慢愛上，卻包含著一種深層次的底蘊與經歷，
和一份份累積的感覺……

還有一種，是永久的愛上……

在人生不斷的沉澱中，在時間不斷的洗滌下，
我還是願意，繼續一生去愛你……

你，也愛我嗎？

其實，我是真的愛你！
我不介意許多內在，或外在的匹配及條件；
或者，我不會對你要求很多；
因為從來，要求對方，只會讓自己失望……

或者，我希望更多的去要求自己，更多的去愛你；
最後的結局如何，都是我的心甘情願……

我能夠為你付出，我就已經很快樂……

但是如果有一天，當我離開了你，請你也不要難過；
因為或許，我已經付出得太多，覺得太累了……

你知道嗎？
最初見到你時，我對你，其實未有即時愛上；
你的外表，一點也不差，也很吸引；
但我覺得，你的性格，比其他人麻煩；
對每件事，都要求太多……

你有獨特的氣質，但一點也不好惹；
開始認識你時，我對你，實在沒有太大好感……

原來即時愛上，並不適合在我和你身上；
但是在往後的日子裡，我卻發現，你是一位很感性的男生；
你凡事都溫柔體貼，有著獨特的判斷力，
也有著一份，有別於他人的智慧；
在你的眼神中，總充滿著沉鬱，常有著一種深沉的意念；
總讓我，深深地迷上了……

點點滴滴當中，我知道有一次，我們一起吃飯，
你總是將最好的食物，都先給了我；
我知道，這不是必然的……

或者從來，都沒有男生，有這樣去做；
他們總是將最好的食物，先留給自己；
而你，將經過長時間親手烤好的食物，都留給我了……

我知道，這是一種很溫柔的表現；
或者這個動作，就讓我慢慢地，愛上了你……

甚麼時候，我決定一生去愛你呢？
就是有一次，我爸爸發生了嚴重的交通意外；
你即時取假，趕來醫院探望他，並且安慰我；
這實在令我，很感動，感到很溫暖……

你不單愛了我，你更愛了我最愛的家人……

到了醫院，你說不用擔心金錢的問題；
你即時寫了一張，數額很大的支票給我，
叫我先取去使用，慢慢再還……

金錢，其實我是有的，但你這時候，這動作，
就讓我覺得，你是值得我所倚靠；
你的表達，實在讓我太窩心了！

現在，你已經離開我了，我常常都感到很難過！
但是，我還是選擇，一生去愛著你……

或者，在我心裡面，你的愛對我而言，就是如此的獨特；
我不是一時一刻的愛上你，而是慢慢地愛上你；
我也決定，繼續用上一生，在心裡，愛著你……

縱使有一天，我轉身離去，不再等你；
我只是等得太累，但我心裡，還是深深的愛著你……

無論如何，愛過了你，就是值得；
愛過了你，就是我一份，最大的快樂……

你像是星光燦爛……

其實，我們曾經，不是對彼此許下承諾的嗎？
是否，總在我最愛你的時候，你就要給我一次最大的傷害？

或者愛，需要透過雙方不斷的努力；
今夜，你還在嗎？
你還會再來找我嗎？

你在做著甚麼呢？你還是很忙碌嗎？
地域，從來都不是界限；
人的心靈，才是……

我的雙眼，望著遠方的星空；
在地球的另一端，你還好嗎？
你，有想念我嗎？

在茫茫人海中，為何，我誰都遇不上，就是遇上了你？

幾多情感，都不再需要解釋；
很多感受，這一刻，也不用再說……

我想著你的時候，你在遠方，你知道我在想念你嗎？
希望你，不要忘記了我……

今夜星光是如此的燦爛，請你不要愛了我，又離我而去；
我很害怕，會被你摒棄於門外……

我沒有想過，我可以進入你的內心；
我沒有想過，你會將我捧在手心上；
你擁抱著我的時候，請看著我；
請你不要愛了我，又放下我……

這種痛楚，你不會明白，你也不會知道……

在銀河的開端，我的心，總在默默的禱念著，總為你禱念著；
你可曾知道，我的心，在銀河遠處，見到的，只有你……

你可以想一想我嗎？
你可以想起，我們曾經的相遇嗎？

曾經，你像是星光般燦爛，照亮著我的生命；
你總點燃著，我心中對你熊熊的愛火……

我愛你，比我愛自己還多……

你居然看上我，還能明白我，欣賞我；
你這份獨特的讚賞，讓我感到無限溫暖；
我在生命中，一直感謝著你……

我看著你的時候，我就是愛上了你，這個我控制不了；
往後的思念，更讓我知道，
有些事，我也是控制不了……

我總是忍不住去翻看我們的舊照片，
以及，我們曾經有的談話記錄；
這，我也是控制不了……

不是我不想去忘記你，
而是，我真的控制不了，自己愛你的感覺……

或者愛一個人的感覺，
就是當我想控制自己的情感時，
其實原來，我甚麼都控制不了……

是的，我知道我們本不應走在一起；
你的家人根本就不喜歡我，
我知道沒有人覺得我們是合適；
因為你是如此的優秀，我好像總是在拖累著你……

我家中總是欠債纍纍，我知道我家更活在貧窮線中；
家父總有一些惡習，令我們一家人，常常陷入經濟上的困境……

我們從中學時開始認識，我總看著優秀的你；
我控制不了自己對你的愛慕，一步一步的；
想不到，你居然也喜歡上我……

你說你喜歡，我的堅強……

每天一放學，
我就需要去做兼職，賺取少許生活費，幫補養活家人；
從便利店，到茶餐廳，我做著不同的工作；
有時是幾小時，有時是一整天；
兼職對我來說，是一項很重要的收入；
我更會在星期六、日，做上更多的兼職；
我為的是想賺取更多金錢，養活自己，幫助家人；
我還有弟妹，正在求學……

原來你誰都看不上，
你就是看上我這份堅毅的心，你看上我生命中的堅強；
我原以為這種經歷，會被人鄙視的時候，
你卻選上了我，你卻愛上了我……

你知道嗎？我是如此的卑微；
你居然看上我，還能明白我，欣賞我；
你這份獨特的讚賞，讓我感到無限溫暖；
我在生命中，一直感謝著你……

雖然你來自小富之家，但你從來沒有輕看我；
每次外出，你都付出金錢，請我吃飯，
有時我也會付上一點點；
大家相處，總是非常和諧，互補著不足……

你沒有用世俗的眼光來看我；
但我知道，你的父母，卻不是如此的想……

有一次，你父親到我工作的便利店購物，我知道他是刻意的；
其實在這年代，做正當兼職，又有甚麼問題？
我又不是出賣肉體，我只是出賣勞力而已……

其實，我不知道他的動機，
但我總有一點不安，我總覺得他是來監察我……

在這追求門當戶對的世代，我也明白做父母的心情；
你父親希望你往外國升學，在優秀的大學就讀，
取得更多的成就和專業資格；
我明白做父母的苦心，
有那父母不想自己的孩子，有更優秀的表現，能贏在起跑線上？

我知道，
你面對家中許多的壓力，你父母也有介紹女孩子給你認識；
說是甚麼富二代，打扮優雅出眾……

真的，在現今社會，誰不看重財富？
從前，我是沒有自卑的，現在開始，有少許了……

你總是安慰我，說著：
「這只是我父親的意思，不是我的意思……」
你說你會堅持，你會堅持與我走在一起；
你會堅持與我同步，一起在香港，就讀大學；
我們將會，有美好的未來……

上了大學後，因為我要賺取更多學費和生活費，
以至，我有更多兼職；
學費雖有政府資助，但也不太足夠，我也不想貸款太多，
以致往後畢業的日子，還款也有困難……

我知道，我們走在兩個不同的世界裡；
其實你不可能，永遠地遷就我……

或許你父母也很擔心，你會借錢給我，我會浪費你的金錢；
你好像要多養一個人，甚至多照顧一個家庭；
其實我也明白，他們的擔憂……

我真是很愛你，其實我愛你，比我愛自己更多；
我完全不想放棄你……

但我自卑的心，以及許多的纏累與矛盾，都讓我覺得很痛苦……

我不知我們應如何走下去；
我也不知，可如何愛你下去；
我知道你為我而難過；
其實我心裡面，比你更難過……

在我翻看著我們的文字和相片記錄時，
原來，我在沒有你家人的壓力下，我的笑容，是如此的燦爛；
但是現在，每當我拿起相片，
我見到合照中的我，總有一種憂鬱的表情；
因為我害怕，我害怕我們沒有將來，我害怕會失去你；
看著看著照片，我的眼淚，總會默默地流下來……

去年，你去了美國留學，餘下我一個人在香港；
你的訊息，總是斷斷續續，沒有太多；
我知道你很忙碌，你也再沒有回來；
我們的電話與通訊，也越來越少了；
其實，你是否也有難言之隱，不想去告訴我？

我不知道我們這份情感，還會否繼續？
我是否，應該要去忘記你？
但是忘記你，我真的做不到；
我就是不可能，將你畫上句號……

每天我對你的思念，只有越發增加；
在看著我們的舊照片時，
我的眼淚，又再次，不期然地流下來了……

我知道我需要忘記你，但是，我真的做不到……

我就是為你瘋狂！

許多瘋狂的事，我都曾經做過；
但今次的瘋狂，卻不是牽涉我自己一個……

原來瘋狂的事，
總令人著迷，也可以令人不顧一切……

但是在烈火焚身以後，
沒有人，可以承擔當中一切的後果……

為何我要如此瘋狂？
有時候，我發覺，
因著你，我開始不再認識自己了……

沒有人可對自己，誇耀甚麼，因為人總是軟弱的……

在內心深處，我總有一種隱藏的感覺，
我總有一份不能言喻的感情；
從來，都不會有人知道……

你會明白我嗎？你會懂得我嗎？
或者，我想要的，只是一份被了解……

但這份被了解，被明白，一點也不容易得到……

或者，在神的恩典面前，祂願意抹掉我的眼淚；
更讓我再一次，真實的面對自己；
我仍是發現，我是如此的，深愛著你……

part. 4

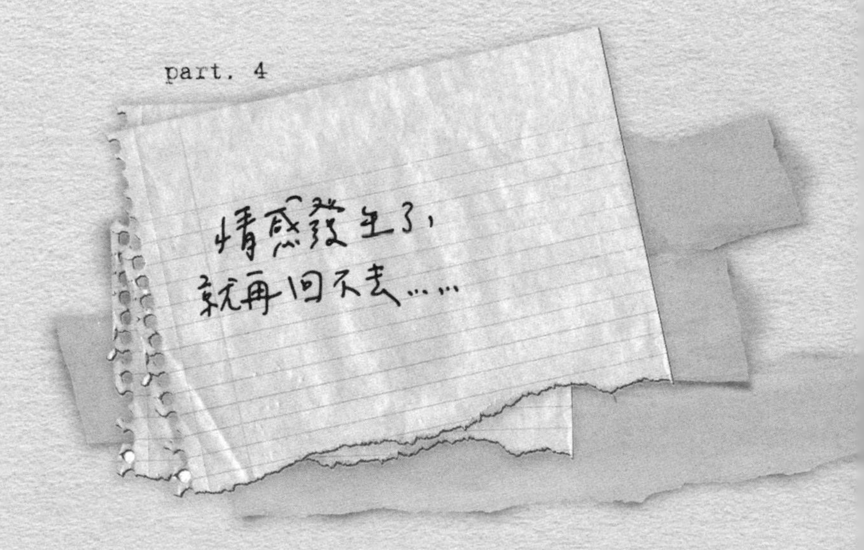

感情發生了，就是回不去了……

回不去了？為甚麼情感發生了，就是回不去？
因為我對你的愛，雖然沒有親自說出口，
但是情感的不斷堆疊與累積，原來，是一場災難……

因為一切，都回不去了！
我對你的愛，傾倒瀉下的時候，
我自己，就是完全沒法控制……

原來當我發現我愛著你的時候，
我曾經嘗試欺騙自己說：我不會愛你的！
我也曾經欺騙自己說：我會放棄你！
我也曾經欺騙自己：我根本沒有愛你……

但是原來，這樣的我，心中更加筋竭力疲；
我的心，更痛得透徹；
我更加難以用言語，去描述我自己內心的難過；
因為原來，欺騙自己不愛你的時候，
就是生命中，最痛苦的時候……

我不會親口對你說一聲再見；
我只會把你，深深的埋藏在心深處，
因為，一切，都已經回不去了……

請不要告訴我，分手的理由……

——所有的真相，最終，可能只餘下，一堆深深的傷害……

其實，你要放手的時候，根本不需要甚麼藉口吧！
因為從來分手，都沒有甚麼原因；
或許分手，只有一種原因，就是不愛了……

是的，某年夏天，正當我們一起看著海的時候，
你在我毫無心理準備的時候，突然，你說：「我們分手吧！」

我驚愕，我迷惘，我哭不出來，我也不能大聲呼喊；
因為，分手兩字，是如此的突如其來！

我不知道發生了甚麼事，或者我只知道，你要放棄我；
究竟是甚麼原因呢？究竟發生了甚麼事呢？

你說著的原因，我完全聽不進去；
你說因為我們不夾，因為我們一起走得太累；
你說分開，可給大家多留一點空間；
這些都只是藉口吧！
這些都只是一些，不知是甚麼原因的原因吧！

我知道，最後的結果，就是你要放棄我……

你為何要這樣做呢？為何要這麼突然呢？
我實在太難受了！

你曾經是我的一切，我也從來想著，會與你繼續走下去；
我將你放在首位，我將生命，都交託給你了；
想不到今天，你會突然離開我……

原來人要剛強，人要懂得站起來，真是何其困難！

我用了一年、兩年、三年，差不多五年的時間，去把你忘記；
我以為可以尋找另一人去代替你，但原來都是不能；
因為曾經的愛，就是一份愛；
你突然說不愛我，但並不代表，我就可以不去愛你……

或者今天，我再也不想知道，分手的理由了；
因為所有的真相，最終，可能只餘下，一堆深深的傷害……

你不愛我，就是不愛了，是嗎……

甚麼時候，我可以和你再創高峰？

風隨意的吹，你聽見了風聲嗎？你知道風從哪裡來嗎？
雨隨意的灑下，你又可知道，情感是從哪裡來的？
是從心而來的嗎？或是從愛中湧流出來？

其實，愛一個人，又有甚麼錯？
默默付出的愛，又有甚麼不對？

心靈裡好像總有聲音，心坎裡好像總有掙扎；
我不知道應該向左走，還是向右走；
我想，我只是想單單的擁抱著你，單單地愛著你；
這是一份最單純的掛念，一場最簡單的戀愛……

其實我心裡面很寂寞；
但原來，心靈裡總有聲音，帶領著我……

這世上有甚麼是會停止？有甚麼會最終消失？
世上總是運轉不息，一切都會灰飛煙滅；
我想：惟有愛，惟獨我愛你的心，可以永遠長存……

你知道嗎？藝術的動人之處，就是可以傳遞情感；
生活累人，工作從來都沒有放鬆及放下的可能；
惟獨在情感的窗口與空間中，我能找到一點歇息的機會……

你知道嗎？
在寫給你的文字中，我可以再次面對自己；
我可以再次找到，屬於自己的感覺；
我可以再次步入，藝術的殿堂；
無論透過音樂，透過繪畫，透過攝影，透過寫作，
都可以讓我找到快樂；
都可以讓我，找到生命中的豐盛感……

誰說感性的交流，不是一件美妙的事？
曾經與我一起經歷種種的你，今天，在哪裡呢？
甚麼時候，我可以和你一起，再創高峰？
甚麼時候，我可以再和你一起，邁向生命中，更美好的境界？

我真的很掛念你！
還請你，不要讓我等得太久；
還請你，不要讓我的眼淚，流了再流……

我真的認識自己的情感需要嗎？

難道做回自己，真正去滿足自己，
去愛一個自己喜歡的人，也不可以？

人最不認識的，或許就是自己；
因為，有時連心中最愛的，也不知道是誰；
或者可以說，是不敢去知道……

我真是很愛你嗎？
或是，只是在毫無選擇下，就下了決定？
然後就以為，這是自己的最愛……

愛一個人，或許從來都要勇敢一點；
告訴自己：我愛他……

當我心中有著痛的時候，當我心中有著掛念的時候，
或許我就知道，我想要的是甚麼；
我最愛的人，又是誰……

神說：「在你未成形的時候，我就已經認識你。」
那究竟我未成形的時候，形象是如何？
其實，這是一句很感動的話！
因為神了解我，比我了解自己還多……

人總因著要回應家庭、經濟及社會等期望，
不停去追求一些以為對的事；
不停去追求自己以為是正確的對象；
一切，其實都不是自己的所想所求；
有時，只是假裝去愛罷了！

有時假裝久了，都會忘記了自己的真正需要；
因為人從來，也沒有太多時間和空間，
去了解自己，去認識自己；

假裝久了，真的連自己，也不再清楚自己想要甚麼；
假裝久了，真的連自己，都已經迷失了……

我是特別容易感到悲傷的，我是特別容易被感動的；
我也特別容易，喜歡某類人；
我就是如此，深愛著，我心中，一直尋找著的你……

但是，這又如何？
有幾多人，可以真正追逐自己心中所愛？
最後，還不是要向現實低頭？

很多時，迷戀和痴戀，旁人說：「只是一種浪漫吧！」
很多人也說：「醒吧！不要再沉醉在其中了！」

其實，有時迷戀和痴戀，是因為在現實中，
人從來沒有真正面對自己，
人從來沒有真正去尋找，生命中的熱愛，
以至惟有靠著迷戀，惟有靠著痴戀，
去捕捉一瞬間的快樂，去享受一陣子的輕狂和沉醉；
最後，卻被世俗打成為狂放……

在不傷害別人的前提下，難道做回自己，真正去滿足自己，
去愛一個自己喜歡的人，也不可以嗎？

愛，或許是一場堅持和責任；
說穿了，終究人生，就要面對現實；
過去，我從來都沒有忠於自己；
我去愛的時候，總要顧及許多的外在因素，以及客觀的條件；
然而，從來最忽視的，就是自己內在深層真正的需要……

或許，在一切不真實中衍生出來的愛，可能真是最美麗；
不要說這是超現實，不切實際；
或許，這種浪漫，這份惟美惟心的追求，
可以支持我，繼續真實地面對自己，好好地生存下去……

情感的空洞，就是人忍耐著內心的痛楚，
然後迫著自己去遺忘……

我多麼希望，你能比我成功！

今晚，你能夠完成你的報告嗎？
這一次，你應該可以寫得更好，我還有甚麼可以幫助你？

是的，
記憶，是一種很沉重的過去，因為總讓人沉醉在其中，
卻又回不去的時候，就是一份極重的傷感……

為何我總要幫助著你？
我推掉所有大大小小的會議，就是希望，
能夠幫助你，完成這份報告；
我總希望你能好好完成這報告，
因為這報告，對你來說，何其重要；
我嘗試一句一句的跟你說：「要這樣寫，要這樣做……」

寫報告，一定要有條理，也總要帶著某些元素；
寫報告，總要表達得恰到好處，才會有最高的成效；
然後，聰慧的你，總能明白我所說的……

你向我表示了謝意；
我知道，你會做得到，你亦會寫得好；
當我再次細閱你的成品時，真的，比我想像中優秀；
你寫的報告，比我所寫的更好；
我知道，你已經超越了我；
公司裡沒有人，能及得上你，你就是有寫報告的天分……

這是一種，很特別的感覺……

或者有人比我優秀的時候，
我不是嫉妒，而是感到一份異常的喜悅；
我願能，在生命中，你能比我更成功！
我很希望，能見證你的成功！
能夠見證你成功，我就會感動！我就會快樂！
因為，我在心底裡，已經深深的，愛上了你……

今天，你究竟在哪裡呢？
你真的感受不到，我對你的愛意嗎？

在每一刻我幫助著你的時候，
你真的感受不到，我對你額外的關懷嗎？
你每次，真的見不到，我凝望著你的眼神，
是多麼的充滿著，一份只對你，獨有的欣賞和憐愛嗎……

其實，你有愛過我嗎？

我就是，只願對你一個人好……

其實，我沒有甚麼想要，
我最想要的，就是想知道，你究竟還愛不愛我……

或者你還愛不愛我，前提是，你曾經有愛過我嗎？

是否，我一直只在作多餘的思想？
是否，我一直只存在著一些糾纏不清的思念？
以至讓自己，不住的沉迷；
然後再一點一滴的，沉淪下去……

一切，都是我太認真吧！
以至讓自己，變得瘋狂，總跌得粉身碎骨……

究竟這是值得的嗎？
我想著，如果這是為你，
我還是覺得，值得……

其實，我從來沒有做過甚麼，
我就是只願，對你一個人好……

面向大海，面向遠方；
當人的眼光放遠的時候，見到的世界，其實也是一樣……

風，依然是緩緩的吹；
浪，仍舊是翻騰不息……

我還是如此的，想念著你；
現在你究竟，是在甚麼樣的光景？
你的日子，過得好嗎？

一種沉重的掛念，油然而生的時候，
我就知道，我對你的愛，的確是與別不同……

其實，如果真心愛過一個人，你真的會捨得，讓他天天難過嗎？
其實，你有愛過我嗎？

或許，我寫給你的所有片語，所有書信，
如果你曾愛我的話，你就會看得明白了……

有時我想，我所想所寫的，或許最終，都沒有人能看得懂；
或許最終，也沒有人會明瞭；
一切文字，我就像寫給空氣般，
最後，只會滅沒在夜空中罷了……

請讓我對你，仍保留著幻想

走在街上，我總會見到許多人，
他們的樣子，都很像你；
每當我定睛仔細地望著他們時，他們也會望著我；
然後，我會發現，根本，他們就不是你……

每次，我只有，更深更大的失望……

有時我想，其實我不是見到像你的人；
而是，當我記掛著你的時候，
每一個走在我面前的人，
我都幻想著，就是你……

或許有一天，最讓我傷心的，
就是我愛著的你，會愛著其他人……

那時候，請你不要告訴我真相！
因為，我的心，真的會接受不了；
原來我一直等著你的日子，都是徒然……

到那時候，請你將一切保密；
你離開我，就是了……
因為，請讓我對你，仍保留著幻想；
透過幻想，我還可以支撐著，每天的生活……

你在我心中，已銘刻一生了！

今天聽到這樣的一個故事：
有一個人，總將難忘的事，值得感恩的事，
都雕刻在石塊上、木材上；
因為只有這樣，這些人，這些事，才可永留印記……

至於不開心的事，傷感的事，
就將它們寫在海邊的沙土上；
因為這樣，當海水沖來，所有不開心及傷感的事，
都可讓海水，沖掉抹去……

人與人之間的關係，總有著許多的磨擦；
今天，你在言語上得罪了我；
明天，我也在行為上開罪了你……

人生，就是充滿著很多的不安與無力；
很多時，人心，亦充滿著埋怨，很少能對對方有體諒；
很多事，在我心中，總感到憤憤不平；
就算我有多愛你，但相處久了，彼此總有很多的磨擦；
這是人與人相處中，總不能避免的事……

或許，如果我真心愛著你，
我總會將對你的許多不滿，只寫在沙土上；
當有雨水來臨時，
我對你所有的不滿及不快，就被雨水沖洗掉了；
一切對你的不滿，都不再留痕跡了……

而我，只將你愛我，你曾經扶助我的記憶，刻在石頭上；
因為，我特別留戀這些感覺……

例如有一次，你親手製作一朵玫瑰花送給我；
有一次，我在手術後，第一個見到的，就是你；
又有一次，
我銀行的戶口已經沒有甚麼存款，你就主動來幫助我……

所有的事，都是一些微小的事；
堆積到今天，就成了我對你，永遠不能忘記的片段……

一些上好的片段，我應該銘刻在心中，不要忘記；
特別在我們吵架時，我就更應記得，
你曾為我，其實有深深付出過……

有些人，原來，只在我生命中擦身而過；
從來，甚麼事，甚麼情，我都沒有為他刻在石頭上；
或者，曾經相遇的一刻，他是讓我難忘，
但原來時間，讓我看清，他在我生命中的出現，只是一瞬……

然而，你在我心中所銘刻的，卻值得我一生去念記；
以至，我應更多的將你對我的好，將你對我的善，
一一銘刻起來，儲存起來，
成為我心裡面，一份永恆的印記……

我經歷了許多的重壓，你，已成為我心中，
一份最深切的追憶；
我也不知道在甚麼時候，可以完全忘記你……

看著你幸福，我就快樂！

其實，我沒有要求你保證甚麼，
只要你有真心愛過我，就夠了……

或者我去愛你，你知道嗎？
我需要付出，比其他人更大的勇氣……

無論如何，你相信還是不相信，
我對你的承諾，永遠不會改變；
我還是會如此，單純地去愛著你……

為何我願意如此，坦白的告訴你一切？
因為如果我今天不說出來的話，
恐怕往後，就再沒有機會了！

我也是膽怯的；
我不知道，往後我還有沒有，這份說出真話來的勇氣……

生命是無常的；
我也不知道，我還能否等至有一天，
可以將我隱藏的愛，坦白去告訴你……

一切的事，都沒有必然；
只有人願不願意，去珍惜機會；
只有人願不願意，去適時表達感情……

一切情感錯過以後，就甚麼，都再沒有了……

或者我希望，我對你表達我的愛，
是想讓你知道，你是值得我去愛的；
你是如此迷人的，你是如此獨特的……

就算你不願意愛我，
往後，我也希望，你能找到你的所愛；
你能夠活得幸福，你能夠活得快樂；
因為，看著你幸福，我也會快樂……

她安慰著你，你就移情別戀了？

一時間，我失去了你，也失去了我的好友……

今年初，我們還是如膠似漆，
你仍然是如此的深愛著我……

每一天，我們一起早餐後，你總先送我上班，
然後，你才上班去；
這是一段，我們無比快樂和愉快的日子……

我們都在探索著未來；
我們在探索著，我們未來的路，要怎樣走下去；
我總是對我們的將來，充滿著憧憬和喜悅……

我和你，出席了不少大小聚會；
你將我，介紹給你的朋友認識；
我也將你，讓我的朋友們知道……

不過，在今年中，我們之間，好像有了一些不協調；
大家生活的平凡步伐，好像被打亂了；
我很擔心你，我害怕你會在財務上出亂子……

你幾近瘋狂的投資，我每天真的很替你擔心……

你說，我沒有給予你自由，
總約束著你，阻止你理性的投資項目；
是非對錯，我是知道，我也明白，我真的很擔心；
我每一天，都因為擔心著你，心裡總是很難過……

然後有一天，你說：
「不如大家分開一陣子，讓大家心裡的負擔，都不會太重……」

是的，或許這是一個暫時的協調方法，也是一種緩衝；
這樣，讓彼此在金錢投資上的衝突，不會再演烈下去……

我和你，暫停一段見面的日子……

原來平凡的快樂，不是一直可以繼續下去的；
原來生命中，總有許多事，會打亂我們日常安好的調子；
總讓人生命，充滿了傷感……

我們暫時分開的一段日子，我總沒有忘記你，我更日夜替你擔心：
我知道你的性格，你總想抓緊每一個投資機會；
縱然，這些投資項目，非常危險；
隨時可讓你擁有的一切，變得一無所有……

最近，我更沒有你任何消息，我的傷感，更深更多；
我知道，你總要逃避我；
因為，你不想再聽到我的勸說……

或者，在我與你暫別的這空間中，
我知道，我仍然是如此堅定的，關愛著你……

很久了，我們再沒有一起吃早餐；
午飯的時候，我也只是一個人吃著；
每晚，我只知道，你要忙於搜集資料，
以能在日間，作出最正確的投資決定……

我總是更感不安，更多的為你擔心；
我每天都睡得不好，我擔心會失去你；
我更擔心，最終，你會一無所有……

在大家冷靜的這幾個月中，
一段段沉寂的日子，在生命中消逝再流逝；
但傷感，一直在我心中，沉澱著……

有一天，我打開社交媒體；
我發覺，原來你的頭像改了，換上和另一位女生在一起；
這女生，更是我們的好友！

原來，在我為你傷心擔憂的日子，
你覺得，我不能再與你溝通，我再不能幫助你；
你覺得，我與你，越走越遠；
而她，剛好在；
她幫助你，並陪伴你……

一時間，我失去了你，也失去了我的好友！

但是，我卻痛恨我的好友！我真的恨她！
難道她不知道，我和你，只是暫時分開的嗎？
她居然可以在這個時候，乘虛而入嗎？
她居然可以做這樣的事？是橫刀奪愛嗎？
難道她不知道，我對你，仍然是充滿著愛意嗎？
難道她不知道，我每天，都在為你擔心難過嗎？

我是不會原諒她的！
而你呢？我還是很愛你嗎？
為何，只因我們彼此在財務上的步伐不協調，你就可以拋棄我？

難道你完全不顧惜，我們曾經有的愛戀嗎？
為甚麼，你要如此殘忍的對待我？
我們不可以坐下，慢慢的去解決問題嗎？
為何，你連一點空間和機會，都再沒有給我？

她安慰著你，陪伴著你，你就移情別戀了？
那我對你一直的關心呢？
你都視而不見了？

我的心很痛！
因為你們兩個人，同時在傷害著我！
我已經很寂寞了，現在還感到更孤單……

我不知可如何繼續走下去！
我關掉所有的社交媒體，我不想再看到你們的合照頭像；
因為這樣，對我的傷害更大，讓我更痛苦！
我還要離開許多朋友，
因為我總不能，面對現在這樣的社交圈子……

請教我，如何繼續走下去！
請教我，應該是繼續愛你？
還是，設法去把你忘記………

我一直站在十字路口上，等著你⋯⋯

是否所有的事，都只是一場泡影？

這個晚上，我一個人踱步的時候，
我很想將一切的心事，都去告訴你；
然而，我就是沒有勇氣⋯⋯

沒有勇氣，就是沒有勇氣，不要再問我為甚麼了⋯⋯

在我們曾經的對望過程中，
其實，你能夠看出我心底裡的軟弱嗎？
你能夠明白，我對你的在乎嗎？

既然你不明白，我，也不再說甚麼了⋯⋯

其實，你心裡究竟想著甚麼呢？
其實，你想的，是否也和我所想的一樣？

或是，你根本已經，完全忘記了我？
如果有一天，你想起了我，
還請你告訴我一聲，好讓我明白，好讓我知道⋯⋯

你知道嗎？
我一直都站在路中的十字路口上，等著你⋯⋯

一個執著的選擇……——這是我，

我寧願選擇等待，也不想隨便，和其他人展開關係……

在這麼多的日子裡，我都是一個人等待著你……

你究竟喜歡我嗎？
去年的這個時候，你好像對我，有點興趣；
你總願意我去幫助你，你總向我表達謝意；
我也很樂意幫助你，因為能夠協助你，
我感到無比的快樂……

但不知為何，到了今年，你突然改變了態度；
今年我再回來見你，
你總對我冷冷淡淡的，不再有任何反應……

我見著你的時候，你連一個招呼也不和我打；
有時，甚至在逃避著我……

或者你知道嗎？我的心，一直都愛著你；
只是我知道，我和你在地域上的距離甚遠，
我總不可能常在你身邊；
所以我一直，知道自己沒有機會，你也不會選擇我；
我也一直沒有刻意，
向你表達，我對你的好感和愛意……

但是，我對你的愛，卻一直潛藏在我心中……

是否，你覺得我並不著緊你？
是否，你覺得，在我沒有回來的日子，總冷落了你？
所以，你先拒絕了我？

或者，你有沒有想過，
在我心底裡，總靜靜的等候著你，靜靜的在想著你；
我很想知道你的近況，
我很想打聽你生活上的各項點滴……

但是，你對我，變得越來越冷淡了，
更開始對我不瞅不睬的；
往昔，我們還像朋友般，有說有笑；
但今年再見到你，你好像變了另一個人似的……

我知道，或者我可以做的，就只有等待和忍耐；
我希望，每年的這個時候，我們都能夠再次見面；
每年我放大假的這段日子，回到香港，都是我的一次期盼……

我很傻嗎？我應該繼續去等待你嗎？
或是我太被動了？
我應該向你主動表達愛意嗎？
我實在有太多的矛盾在心中；
我怕打擾了你，最終，便甚麼都再沒有了……

或者我的等待，只是想知道，
究竟你身邊，還有沒有其他的女生？
如果沒有的話，我還是甘心樂意地等待著你；
算是給自己，一個機會吧！

你也可以給我一個機會嗎？
我會是你想選擇的對象嗎？
對著你，我總是不知所措；
其實每次見到你，我都不知道，應如何面對……

或者，你可以給我一個親切一點的微笑嗎？
去年這個時候，你還是對我充滿著滿滿的笑容……

這一年，我對你的愛，其實增加了很多；
可這一年，你對我，卻冷淡更多了……

因為地域上的距離，大家真的沒有機會，再走下去嗎？
是的，異地戀是困難的，我知道，你是不會考慮我；
所以，你也不想給我任何機會，是這樣嗎？
其實，或者你可以嘗試明白一下，我心底對你的思念和愛意嗎？

無論如何，我也會繼續等著你；
我在異鄉，只會繼續想著你；
其他的男生，我總是看不上；
在我眼裡，他們都及不上你；
我仍然是將眼目、情感，全然放在你身上……

這或許是一份執著，又或許，是因為你的吸引力；
我寧願選擇等待，我也不想隨便和其他人，展開關係；
是的，有時我也覺得，自己實在是太傻了……

是否，我只是未遇上更好，所以一直在等待著你？
又或是，你照亮了我的心房，讓我再沒有動力，去認識其他人？

其實有時，連我自己，也不知道自己心裡的想法……

今年夏天，我終於死心了！
你已經和別人訂婚了，但你一直都沒有告訴我；
或許你害怕會傷害我的心，所以你總在逃避我……

你所有的社交媒體，都沒有更新狀況，因為你想保持低調；
而我最後知道一切後，除了傷心，還是傷心；
原來，我等著的浪漫，
只是一份，一直的守候，根本就是毫無結果！

我是浪費了感情嗎？
其實沒有，因為我付出的感情，付出的愛，
我還是覺得快樂，因為，我是出於甘心……

其實你的冷漠，已經一早提示了我；
只是我的執著，讓我沒有認真去尋求真相；
讓我以為，我們還有機會……

再見了！
雖然到這一刻，我還是很愛你……

我總感到，其實你是很愛我！

你為甚麼要驚懼呢？你為甚麼要逃避我呢？
若然你真的愛我，其實，你害怕甚麼呢？

從來愛，都應該被尊重；
我們不用勉強，一定要走在一起；
但你，可以成為我一生關愛的人……

我能夠知道你幸福，我真的會感到快樂……

見著你一步步的走遠，
是的，我害怕終有一天，我再也不能見到你……

你知道嗎？
你可是我心裡的夢；
我心裡，總是在想念著你……

我總著迷於你的眼神；
每次，我總想定睛去看著你，
因為我很想知道，你究竟有沒有愛我？

但從來，我都找不到答案；
因為，你比我，更懂收藏……

但是，感覺總是藏不住的；
我總感到，其實你是很愛我……

或許，我們最好的相處方式，
就是我能，默默的看著你；
然後，我把你深深的，藏在我心中，
然後無聲的，去愛著你……

每當我閉起雙眼，就見到了你……

甚麼是心中的矛盾？
就是我愛著你，但總沒法去讓你知道……

或者人在迷戀中，
有時候，也不知道自己，想要的是甚麼……

或者我只想留下記憶……
我們曾經的擁抱，我們曾經的眼淚，我們曾經的歡樂；
都憶記在我腦海中，就足夠了……

從來追憶，都只會是一種疼痛；
或者，我需要別人，一份設身處地的關懷；
又或是，有另外一個人，願意去愛我的時候，
或許，我才可以，慢慢地忘記你……

但你知道嗎？
其實我相信，這一生，我也不會忘記你；
當我閉上眼睛的時候，我就見到了你……

情感的空洞，就是忍耐著內心的痛楚，
然後，迫著自己去遺忘……

然而這種強迫，其實是沒有可能的，
也只會徒添，一份份的無奈和無力感……

愛著你，有時我覺得，是一種很疲累的感覺；
又或者，根本就是一種痛楚……

我經歷了許多的重壓，
你，已經成為我心中，一份最深的追憶；
我也不知道在甚麼時候，才可以完全忘記你……

或者我與你的重逢，已經是太遲了！
在不對的空間中，在錯誤的時空中，我才再次遇見你……

從來，你都不會屬於我；
我也只是，你生命中的過客而已吧！
可是無論如何，我也會在心中，繼續愛著你……

或者有一天，可以將我的真心，去讓你知道嗎？
或是，這會釀成更大的悲劇？

但是，我可以忘記你嗎？
真的不能夠……

但願有一天，我閉起雙眼，再見到你的時候，
你會明白，你會知道，
我曾是如此的，深深愛著你……

或許，我和你，只是一場擦身而過的愛戀，
但你卻讓我，落下了許多的眼淚……

你只抛下一句對不起，就離開我了！

在長期的磨蝕中，我們的愛，不斷被消磨；
然後，只剩下我自己一個……

你知道嗎？道歉是沒有意義的，補救才有作用……

你無緣無故的離開，然後只說上一句對不起，這有意思嗎？
這句對不起，是你隨意說的嗎？
是你想刻意去隱瞞一些事情嗎？
還是你真心的向我道歉？

我們一起已經五年了；
或者在這五年的日子裡，我的確有很多事都做錯了；
同樣地，你也有很多事，都需要去作修訂；
是的，大家總有著許多的計算……

或者今天，我不再同意你的一些做法；
從前你走差一點，我也願意包容；
但今天，我撫心自問，我對你的包容，也真是越來越少了……

但想不到，原來這五年的磨合，
換回來的，就只是你說的一句：「對不起⋯⋯」

原來人與人之間的關係，可以脆弱如此；
我們五年來的關係，可以就這樣，以一句對不起，作為總結⋯⋯

或者大家在交往的過程中，在磨合的過程中，
其實大家對彼此的愛，也慢慢地淡了⋯⋯

是這樣嗎？

或許最難捉摸的，就是你我的不同步伐，
我們再不能一起，讓愛去進步；
然後，在長期的磨蝕中，讓我們當中的愛，不斷地被消磨；
然後，只剩下我自己一個⋯⋯

為何結局，會是這樣？

其實，一句對不起，是沒有意思的；
我要的，是大家願意一起去改善，然後再走在一起；
但原來，這從來都不是你的願望⋯⋯

你說：「對不起，我們到此為止了！」
你說：「我做不到任何你所提議的改善！」
你說：「大家起初，就不應走在一起，
因為我們的性格，根本是南轅北轍⋯⋯」

是的，我明白，你已在這五年中，為我努力改變了許多；
我又何嘗不是？
我為你，盡力去改善我自己了⋯⋯

但最終，你仍要選擇放棄我嗎？
你是因為有了新對象嗎？
你是對我感到厭倦了嗎？

五年的歲月，對一個女生來說，可不是一個短小的日子……

你，沒有再回頭了！
你，沒有再給我任何機會了！

或者，讓我最難過的，不只是你無情的離去；
而是，你根本毫不顧及我的感受！
我們連商量的餘地，也沒有；
你就只拋下一句對不起，就選擇離開我了！

我不知道要用上幾多的氣力，才可以重新站立起來；
特別是，你知道嗎？
我到今天，還是很愛你……

我在秋天，愛過了你……

每一個季節，都值得珍視；
每一份思念，都在我心中悸動著……

或者，我還是比較喜歡秋天；
除了那種暗淡的褐色，
還有的是，
秋天，是我們曾經相遇的季節……

或者，在歲月的流逝中，
秋天，總讓我的眼淚，流過以後，特別沒有痕跡……

秋天，是我最愛的一個季節，
因為我在秋天，愛過了你……

某年的夏天，你轉身走了；
某年的秋天，你徹底的離去了……

生命，永遠都不能穿越永恆的四季；
生命中，總會畫上一道休止符……

生命，總也是如此的踏實，因為生命中，我曾經有著你；
生命，也總是如此的反覆無定，因為，我再也遇不上你……

冬天過後，就是春天；
春去夏來，或者，我究竟還有甚麼不能忘記？
就是我發現，一切感覺，都不是出於偶然，
而是生命中，總有著一種安排與約定，
如同四季的交替和變化……

而這約定，只屬於我與你；
這約定，我也總不會忘記……

日轉星移，數落寒暑；
哪年哪季，我可與你，再次相見……

我只是不斷的欺騙自己，說忘記了你……

或者，不要再難過的最好方法，
就是以後，不要再去愛你……

為甚麼我會常常，感到難過呢？
就是因為，我太著緊你；
我太著緊與你的關係，我太看重與你的感覺……

如果我能捨棄與你的關係，
相信以後，我就可以，逃離難過……

人與人之間，或許最重要的，就是保持距離；
或者我最應該做的，就是去忘記你……

是的，曾經讓我深深愛過的你，
或者有一天，我不想再難過的時候，我要學懂抽離；
我需要離開你，我的心，要永遠離開你……

讓我難過的人，我都需要如此對待吧！
朋友如是，愛人也如是……

但是，我真的可以做到嗎？

我撫心自問，如果我不去愛你，
我只是，在欺騙自己罷了！

人有時候，總會隱藏著自己的心事，
然後欺騙自己說：我不再愛你！
但是原來，這種欺騙，總會在某一天被自己發現；
然後我就知道，我根本就沒有忘記你……

這種感覺，甚麼時候會被發現呢？
就是當走過一些，我們曾經走過的街道；
當見到一張，讓我曾經感動的照片；
當聽到一首，曾經屬於我們的樂章；
當碰上一個，我們曾經相遇的季節……
那時候我就知道，我從來都沒有忘記你……

是的，我說去忘記你，是很容易，
欺騙自己說不愛你，也很容易；
但真正內在的感覺，只有我自己知道，只有我自己了解……

我只是將你，放在心中的一個隱蔽角落中，
在深夜的時候，我就會再次去打開這空間，
令自己再次，見到了你……

可以就如此簡單，去忘掉你嗎？
可以這樣容易，去逃避難過嗎？
我想：只有欺騙自己的時候，才可以……

夜幕低垂下的一抹深沉……

天色將沉的時候，你在等著誰呢？
我就是在等待著你……

你有甚麼話要告訴我？
或者，我想告訴你，我已經很累了……

可以想的，都想過了；
可以寫的，都寫過了；
心裡好像，再沒有甚麼盼望了……

或者，已經流完的眼淚，再流的時候，
我就知道，我還沒有忘記你……

在夜空中，我好像望不穿，沉睡中的黑暗；
我也不能望穿，夜幕低垂下的一抹深沉……

讓我的心繼續沉淪吧！
為你，繼續沉淪吧……

或者一切，其實一早，已經失去意義了；
剩下的，只是我一個人在追憶，一個人在留戀……

其實，這終究只是一種自欺和自虐嗎？
還是，只是我一個人，一種無知的沉淪？

其實是否，我應該抓緊機會，
勇敢的向你訴說一次，我的心事？

說一次，可能就是一個完結；
我會與你說聲再見，
然後，我會默默地離去，並於你的世界裡消失……

因為我只希望，你能知道，我曾經愛過你，就足夠了；
其他的，都不再重要吧……

其實，我心底，仍然是深愛著你；
我根本沒有控制自己的餘地……

起碼，我還擁有著財富！

為何我喜歡購買名牌？
因為，我有著自卑……

我會認為，富有的女子，才有價值；
金錢，才具有保護性……

曾幾何時，我多麼執著於愛情！
你是我眼中的一切……
在我偏執的愛中，我對你，就是愛護有加；
我將最細緻的愛，都給了你；
不過最後，我卻輸給一位，富有的女生……

原來你還是喜愛金錢，多於喜歡我；
你說，你不是喜愛她富有；
但是我知道，除了財政實力以外，
我還有甚麼，及不上她？

是的，金錢的確給人很大的安全感；
其實，對男生女生都一樣；

放著兩個條件一致的人，
你總會選擇一位，更富有的吧！
這實在是無可厚非的事……

或者，在那次以後，我開始對金錢，更為著緊；
因為，原來金錢不單可以保障自己，
也可以讓別人，更愛自己……

我開始追求更多的名牌；
我身上的衣服、手袋、領巾、飾物等等，無一不是名牌；
是的，這些都是我用勞力賺取回來的；
我也想告訴別人，我是富有的！
這富有，也寫在我身上了……

我為的就是，提升自我的價值；
我還想告訴別人，我擁有財富；
我，也絕對值得你所喜愛……

或者你會問，這是一種自卑心在作祟嗎？
是的，但那又如何？
我是自卑！
但事實上，金錢真的讓我有安全感；
因為，你不會明白，曾經受傷的心，是多麼的疼痛！

我是恐懼再次被拋棄，我要好好保護自己；
我要好好掩飾著，自己曾有的傷口；
我不想，再多一次受傷了……

你會知道嗎？
當我真的等不到你，當我真的等不到真愛時，
起碼，我還可以，擁有著財富……

人在愛中，就會變得幼稚……

在愛情面前，所有人都會變得幼稚……

不要問我為甚麼會這樣，我也沒有答案；
不要問我為何不能自控，不要問我為何要去放任感情；
因為不能自控，就是不能自控……

不要數落我的悲傷和思念，
因為只有真正愛過，你才會明白，當中的甜與痛……

或許男生，從來的感知度，都比較遲鈍；
明白一切事的步伐，也比較緩慢；
表達愛意，也從來比較猶疑；
一切情感在開始的時候，男生都不太懂得；
然後，在最後才會發覺已經愛著；
但這時候，許多事，許多情，都已經失去了；
要追回，都已經太遲了……

請你不要告訴我，你是情場高手；
在遇到真愛時，我相信，你也會變得幼稚和無助……

愛情，從來是屬於雙方的，
不是單靠個人技巧，就可以解決問題；
你以為你有足夠的技巧嗎？
對方可能已經退去了，
對方可能已經，不想再愛了……

你以為你能好好駕馭愛情嗎？
或者，你只是未遇到，你最愛的人罷了……

想念一個人，從來不需要任何理由……

想念一個人，根本不需要問甚麼理由，
也不需要知道甚麼原因；
我只知道，每逢夜深，我都很想念你……

或者，能夠在心中想念你，就是一種幸福；
因為這份感覺，藏在我心中，可以傳至永恆……

無法相見，就是無法相見；
無法重遇，或許已是生命中的一種必然……

是命運的約定？又或是人為的錯配？

但那又如何？
我只知道，此刻，我真的很想念你……

夜深了，你還好嗎？
其實，你還會想起我嗎？

或者，去愛一個明知道不愛自己的人，
不會有很大的持久性；
但去愛一個，不知道愛不愛自己的人，
卻有一份，持久的迷惘和忐忑；
因為，我好像還有盼望；
因為，我對你，還有希冀……

或者，這種荒唐式的迷戀，
總帶動著我生命中，最潛在的一份痛……

藏於心底中對你的愛，能有言喻的一天嗎……

part. 5

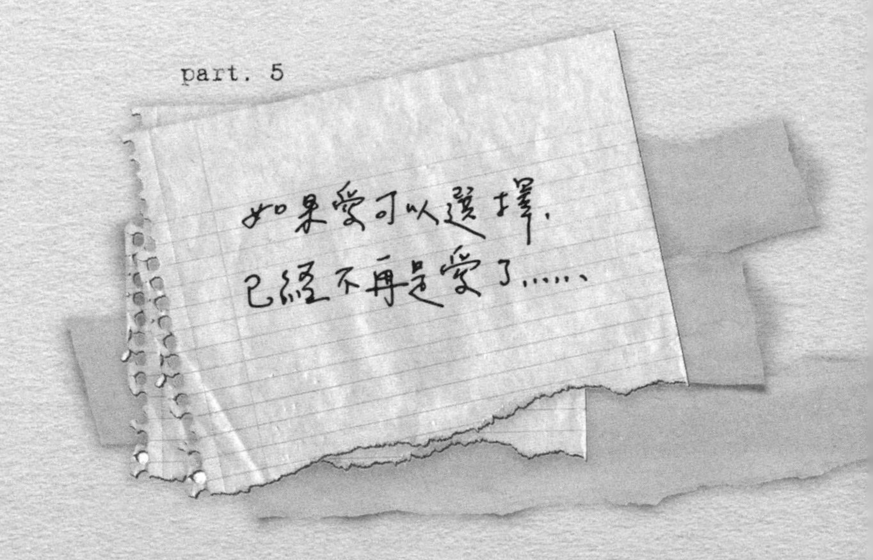

如果愛可以選擇，已經不再是愛了！

其實，許多事，我都一直沒有告訴你；
許多情，我也從來沒有讓你去知道……

每次，當你的身影漸行漸遠，
我也會轉身，讓眼淚，默默的流下；
這樣，你就不會看見；
這樣，你就甚麼都不會知道……

我一步一步的在樹影下走著，好像錯過了甚麼；
是的，我就是錯過了你……

為甚麼我要這樣做呢？
或許，情，收於心底；
記憶，積存心中；
可以更歷久而彌新……

又或是，有時一份收藏，一抹淚痕，
一份思憶，一種記掛；
對你，對我，就是最好的演繹吧！

其實，愛，從來都不是一項選擇；
如果愛可以選擇的時候，已經不再是愛……

我心裡面，已經決定愛你；
或是我選擇不愛你的時候，也只是一份迫於無奈……

其實，我心底，仍然是深愛著你；
我根本沒有控制自己的餘地……

有一天，當你不能再尋索我的時候，
我不是忘記了你，也不是我不再愛你；
而是，當我再不能選擇愛你的時候，
我惟有，選擇不愛自己罷了……

原來我對你的愛，一直都在……

在我不斷以工作去麻醉自己時，
我也麻木了自己，對你的愛……

我會以為有一天，我會忘記你；
原來，一直都不能……

我以為，我能夠在得到所追求的一切後，
在我放眼世界以後，我會忘記你；
但原來，在我得到所有的追求後，
我卻更加，掛念你……

今天，我放下手上的文件，也放下這杯苦澀的咖啡；
我發覺，原來我已經忙碌了十多年！

為了達成我的專業路，
為了成就我的專業工作，
為了擁有我的璀璨人生，
我一直放下了你；
我沒有讓你，真正走進我的生命中；
或者應該這樣說，我沒有讓你，認真的進入我內心；
我心中，其實只有工作……

但是原來，當我獲得所有榮譽及專業資格以後，
在我忙碌以後，我總是，想起了你……

是的，我錯過了你！
我知道，你已經有了你所愛的人；
你已經有了你快樂的家庭；
我不會，再去打擾你……

原來，在我不斷盲目的以工作，去麻醉自己的時候，
我也麻木了自己，對你的愛……

是的，我對你這份愛，其實只是冷卻了；
但這份愛，其實一直保留在我心中；
你，仍然被冰封在我心裡面；
我對你的愛，只是一直被凝固了；
現在，冰溶化了，
我對你的愛，便更加清晰了……

我看著自己的內心，我知道，原來我對你的愛，一直都在……

今天完成最後一份工作，我望著面前的咖啡，
我發覺，我想醉一下；
我不想再喝咖啡了，我不想太清醒！
我想醉一下，好讓我能追憶，曾經與你的快樂……

我想沉醉在，一種原來，已經幻滅的感覺裡；
我想明白，自己心裡面的所想所求；
我知道，其實我最愛的人，就是你……

是否世上得不到的人，永遠都是最好的？

或許我撫心自問，這麼多年來，我都未對任何人動心；
我不知道，我還可以去哪裡，再找一個我所愛的人……

是的，原來一切選擇的苦果，
的確，都要自己一個人去承受……

可以讓我再次對你說一句「我愛你」嗎……

情感豐富的人，總要背負許多的傷感……

愛的感覺，就是一種感覺，
不是說忘記，就可以忘記；
不是說放下，就可以放下；
不是說堅強，我就可以堅強……

或者不是每個人，都有相同的感覺；
也不是每個人，都可以完全明瞭，
一種在心中，難捨的感覺……

或者情感豐富的人，從來註定，要背負著許多的傷感吧！

你是我曾經愛過的人，我實在很想，再次尋找你，
因為我們彼此，真的相愛過！

你知道嗎？
傷痛，應該是被治療的；
不是簡單隨著時間流逝，就可以沒有了；
傷痛，更不可只隨時間的經過，就可以被淡忘……

痛苦的記憶，訴說一次出來，就能讓自己忘記嗎？
痛苦的記憶，因著環境改變，就會被慢慢淡忘嗎？

每個人都有自己的故事；
每個人的故事，都可以很清楚的，告訴別人知道嗎？

許多時，因為不知如何說起，也因為表達不佳，
又因為不想說出來，亦因為害怕被人歧視；
以至很多人的故事，都被深深的，埋藏著了……

情緒是會突然發生的，
因為人的情感被觸動時，流淚，是最真實的行為；
不過，
人總沒有時間去面對自己，特別是面對自己內心的狀況……

我愛的究竟是誰？
我曾受過的傷害，究竟是甚麼？
我可以怎樣做，才能逃出這種情緒？
究竟誰，可以幫助我跨過幽暗？

心意更新而變化，從來一點都不容易……

人與人的相愛，其實是很淺層的，特別是男女之愛；
今天你愛了我，明天，你又可以放棄我。
父母之愛，相信比較深層；
父母對我，總會有更多更大的包容和難捨之情。
或許生命中最大最深的，會是神人之愛，
因為，神真是無條件的愛著我……

為何，你總不讓我去傷心？
為何，你總要我去堅強？
請尊重我！我不想去假裝堅強！

不同的人，總有其獨特的心境；
不同的人，也總有只屬於他們最個人、最私隱的體會；
因此，不要隨便說，你很明白我；
也不用隨便說，你很愛我……

一個內心豐富的人，從來，都不容易被理解的……

請教我，如何繼續走下去！

當深愛著一個人的時候，我再也分不清，
迷失的定義，究竟是甚麼了……

或許，我和你，只是一場擦身而過的愛戀，
但卻讓我，落下了許多的眼淚……

是我太認真嗎？
是的，我付出了自己也意想不到的感情；
是我太執著嗎？
是的，我只是單單愛你；
是我太痴情嗎？
是的，因著你，我願意付出許多的愛……

沒有人可以代替自己去選擇，
因為我的心，只選擇了你……

可以寫一封信給我嗎？
可以回應我一句嗎？
可以在悽迷的夜色中，能再一次，讓我看清楚你嗎？

或者，你是上天賜給我的一份獨特禮物，
在我失意落泊的時候，你就出現了……

時間對了，空間對了；
人，也對了……

在眾多眼睛注視的一個舞台上，推移至一個小小孤寂的空間中；
你為甚麼，要在我最受傷，最難過的時候出現？
然後就這樣，走進了我的內心？

那一刻我空虛的心靈，
在一切還沒有預備好的時候，你就出場了……

或者人生的演出、鋪排和出場序，從來都不是人可掌握和控制；
又或是，在我還未來得及，去發掘和控制自己的情緒時，
你就出現了……

這份偶然，這份突然而來的感覺，
或許，需要一個獨特的你，才可配合……

為何你要如此的獨特？
為何你要這樣無聲無息的走進我的生命？
然後，又要這樣無聲無息的離我而去？

其實，我應該學懂抽離？還是繼續選擇去愛你？

為何我仍要讓自己繼續迷失？
為何放手，是這麼的艱難？

或者，當深愛著一個人的時候，
我再也分不清，迷失的定義，究竟是甚麼了……

請教我，如何繼續走下去……

你也別再浪費我的人生了！

人生這麼長，往後的日子，我也要每天等待著你嗎？

你今天狠狠的罵了我，你說你很忙很忙，
叫我不要再去打擾你……

曾經，我們用了很長的時間，才能有今天一起的光景；
在我們苦戀的過程中，我就是如此的深愛著你；
我知道，
你也用了很大的努力和勇氣，
才可以和我順利地走在一起；
但原來，能夠走在一起以後，
很多事，可以有很大的變化，
也不是任何事，都能順從人願……

你常常說：「很忙很忙！」
一星期，我們也沒有一天，可以一起共晉晚餐……

今天晚上，你還狠狠的罵我說：
「我已經夠忙了，不要再煩我了，好嗎？」

或者，我只想告訴你，我家人發生了急事；
同時，我也想告訴你，
我需要報讀一個工作上的進修課程；
這亦算是打擾你嗎？

原來你的工作，是這麼的忙碌！
難道我又沒有工作？

如果你抽不出半點時間來陪伴我，請你直接告訴我吧！
或者昨天你這種語氣，你這種說話的態度，我真的受不了！
沒有人能夠繼續，
容忍另一半不能明白自己，不能體諒自己的難處……

你不去明白我，你不去安慰我，
我們繼續走下去，其實，還有甚麼意思呢？

我明白你的專業工作，有時真的很忙碌；
你有季節性的忙碌，有趕工式的忙碌；
你可真要一絲不苟，不能有任何差錯，才能完成任務；
可是，你發完脾氣了嗎？
兩天了，你也沒有向我道歉一句……

或者你會覺得，錯的是我吧！
從前你可不是這樣的，你會反省；
然後，你會再次找我，並安慰我……

但今次，你卻沒有……

我很難想像，在未來的日子裡，
如果我們仍然因為這些小事，不停吵架，
我真覺得，我們的關係，很難繼續維持下去……

很多人說：你職位高，工資高，學歷好，外表優秀……
你是城中的「筍盤」；
但原來，要和城中「筍盤」走在一起，
就要忍受不被陪伴，要忍受不被安慰，更要常常被無理取鬧；
其實，如果人生要這樣，又有甚麼意思呢？

人生青春的日子有限，如果全然都花在工作上，
可以相愛的日子，又有幾多？

其實你是城中「筍盤」，可我也不太差；
我也有我的學歷，我也有我的工作能力；
我不會只將時間賣給工作，我會將你放在首位；
而你，總將我們的關係，放在你人生最後的位置上……

或許我們的關係，只停留在，
你有沒有時間陪伴我，這些膚淺的角度上……

我會覺得，人生這麼長，往後的日子，我也要每天等待著你嗎？

我明白，你的工作是有季節性；
你忙碌的時候，的確是很忙；
但在不忙碌的日子，你也說要準備這，準備那；
又要報讀這課程進修，又要報考那專業考試；
基本上，你全年任何時間，都忙於工作和學習……

你說男性的事業很重要，不容有失；
我應該要支持你，鼓勵你，幫助你，而不應只是抱怨……

是的，我也明白；
原來男生和女生的關係在穩定以後，
男生的任何時間，都只會交給了工作……

其實，你與我在一起的時間，你不感到快樂嗎？
是否只有工作，才能令你擁有滿足感？
是否只有工作的成就感，才能滿足你生命中所追求的虛榮？

甚麼叫體諒？甚麼叫相愛？
我好像浪費了你的時間；
但你，其實也在浪費著我的人生……

我終於明白，男生在追求女生前後的差別，會是這麼大；
愛情，永遠只會在兩個人，真正走在一起以前，才會發生……

兩年前，我們分隔異地的日子，我們日夕思念對方的日子，
你給我寫的每一句愛語，我都好好記著……

或者，那份難忘的記憶，總讓我回味；
原來思念的痛，是帶著一份甜蜜和期盼；
比今天你的冷冰，比你常對我的拒絕，來得更好更美……

我對你無條件的愛……

是否愛，從來都是有條件的？

或者，愛，從來都是基於你願意愛我，我才願意愛你吧？
是否，愛都是基於，你對我有益處，我才愛你吧？
是否，愛都是基於，你有一定的社會經濟條件，我才愛你吧？
是否，愛都是基於，你有一定的賺錢能力，
能夠好好地照顧我；
然後，我才願意去愛你？

這些條件，不一定全部都需要擁有；
但起碼，基本的物質條件，也是愛的條件吧！

至於無條件的愛，又是甚麼？
就是無論你處於任何狀態，你處於任何境地，我還是愛你！

無條件的愛，是可以的嗎？
無條件的愛，會是困難的嗎？
是的，無條件的愛，是很困難的！

當中需要付出許多的淚水，許多的堅持，以及許多的忍耐；
然後，這份愛，才能有機會，一直地成長下去⋯⋯

在愛的旅途中，中途退出的人，其實很多；
我不知道，我會不會也是其中一位；
不是我有所計算，不是我介意你的外在條件；
而是實在，如果無條件的愛，只有我單方面不斷的付出，
你知道嗎？我是會心累的⋯⋯

我心中，確實是想給你一份無條件的愛；
然而，或許最終，我是高估了自己的能力；
其實我是想做，但最後，卻根本做不到⋯⋯

或許，當我希望為你付出無條件的愛時，
你也能對我，有多一點的回應嗎？
你也能對我，有多一點的體諒和理解嗎？

你知道嗎？
一個人演的戲，我再願意，
有時候，也是很難獨力地，繼續一直演下去⋯⋯

你也願意為我，有點改變嗎？

我願意遷就你，就是因為，我對你的一份愛……

甚麼是緣分？
就是人與人之間，
能夠在人海中，能夠相遇的一種獨特機會……

今天我能夠遇見你，就是一種緣分；
然而在情感上，不去付出努力，
最終，也只會是有緣無分；
最終，一點意思都再沒有了……

在情感的世界中，我深信，雙方的努力，最為重要；
縱然彼此有著緣分，
但卻不主動去關懷對方，卻不努力去維繫感情；
也不願意改善自己的弱點，去遷就彼此；
最終，其實甚麼都再沒有了……

為甚麼我總願意去遷就你？
就是因為，我對你有著一份深深的愛……

所以，我總願意去聆聽你的聲音；
我總願意去關懷你的需要；
我總願意放下自己，先顧及你的感受；
我總願意將自己的情感，表達出來，好讓你能夠了解和明白；
最重要的，是我希望能夠，改善我們彼此的關係，
讓我能夠，繼續好好地去愛著你……

有時候，有些感覺，不是簡單地說明，就可以表達清楚；
有些情感，也不是只一陣子相處，
就可以讓彼此，清楚了解對方的想法；
當緣分來到，雙方能夠在人群中相遇，
我們就應該繼續不斷努力，去維繫彼此的情感關係；
當然，這實在一點也不容易，這需要我們額外付出的努力；
這更需要，我們許多的忍耐……

其實，要去表達我自己深層裡的思想，是困難的嗎？
我覺得是困難的；
因為許多時，深層中的自己，不是我不想去表達，
而的確是，我根本也不知道，可如何清晰地去表述……

聆聽對方的需要，是困難的嗎？
我覺得也是困難的；
因為要去聆聽別人，
需要付上許多的時間，需要付出許多的心力，
更需要付出，很多的愛……

每人的時間都有限，人總希望被聆聽，人總希望被安慰和了解；
但這一切，都需要不少的耐心和耐性；
聆聽的時候，我總不能去反駁你所說；
我不同意時，我還是會繼續聆聽，希望能更多了解你；
所以，聆聽是困難的，你明白嗎？

改變自己的習慣，又困難嗎？
這更是困難；
因為每個人，都是一個獨立個體。
願意先去改變自己，排除自私與自利，比一切都困難；
因為從來，人看自己，比甚麼都重要……

愛，其實是一種持續性的交流，更是一種不斷的犧牲；
雙方能有愛的動力，其實一點都不容易；
從來愛，都需要我與你共同努力；
差一點，退一步，我們都不能繼續一起走下去……

今天，我還是很愛你；
我總願意盡力，去聆聽你心裡的感受；
我總願意，用更多忍耐去明白你；
我也願意，多一點的改變自己，去遷就你；
而你呢？
你也願意為我，有點改變嗎？

我心裡面，已經決定愛你；
或是我選擇不愛你的時候，也只是一份迫於無奈……

承諾總是虛假的……

其實，如果你真的不再喜歡我，還請你對我說清楚……

你不說，是因為你不夠膽量嗎？
你不說，是因為你不想讓我傷心嗎？
你不說，是因為你想拖著我，
在等待另一個更好的她出現嗎？

只要你和我說一聲再見，
我以後，也不會再打擾你了……

你知道嗎？
人心中最難耐的，
就是一種忐忑不安，沒有安全感的狀態……

我不知道，我們這種拖拖拉拉，不明不白的關係，
還要持續多久？
我也不知道，在你心目中，我的地位，還餘下幾多？

情感，就是如此的沒有保障嗎？
戀愛與婚姻，最後換來的，都只是一句再見嗎？
又或是，彼此最深愛的關係，最終，只會換來一聲嘆息？

承諾重要嗎？
承諾，是否只是我一個人無知的等待？
承諾，是否只是我單方面所簽訂的合約？
承諾到最後，是否只會換來，一場空虛無言的結局？

你是知道我的感受，還是你對我的感覺，扮作不知道？
你知道嗎？我為你的若即若離，不斷地難過……

我尋找你，你不回覆我；
我問候你，你也不再回答我……

你我，沒有一聲再見；
但你，已經不想再與我相見了……

生命中的痛，就是要在這種徬徨、迷惘及失落中打轉；
我好像要被迫接受，慢慢失去你這真象……

我知道，今天我落淚，你也不會再關心了；
但我還是記得，你曾對我許下的承諾；
你曾對我說：「無論何境地，無論何狀況，我也會愛你……」

但今天，又如何呢？
承諾，從來都是生命中，最虛假的謊言嗎？

這是一種太狠心的離別方式了……

對不起，我的心，真的恨你！

為何你的眼神，總是如此的忐忑不安？
為何你總不夠膽直視我？

究竟你是在愛著誰？你還愛我嗎？
究竟我在你心中，現在是於甚麼的位置？

為何你總不能夠，對我說清楚一點？
為何你不可以對我說一句：「我很想念你……」

你心中，究竟收藏著甚麼？
今天晚飯時，你總低著頭，不說一聲；
當我望著你的時候，你偶爾抬頭；
但當你接觸到我的眼神時，你又再次移開眼睛了……

你在想著甚麼？你有心事嗎？
你想離開我嗎？你想結束我們這段關係嗎？

最近，你都是如此的逃避我；
我給你的電話訊息，你總是已讀不回，究竟發生甚麼事了？
你這種若即若離的感覺，令我很難受……

晚飯結束前，你終於說了：
「對不起，或者我們需要停一停彼此的關係……
我需要離開香港，調去海外分公司工作，我需要離開香港三年……」

我們真的需要暫停交往嗎？
其實，我們真的需要停止關係嗎？

你不等我去問，你已經匆匆結帳，想離開餐廳了；
你不讓我有任何發問的機會，更催促我離開……

我們一起已經五年了！
難道我們真的不可以，捱過往後的三年嗎？

我可以辭職，去外地陪伴你；
我也可以，留在香港，繼續等待你……

為甚麼你一點都不說清楚，就要彼此分開？
你不想去面對我嗎？
還是你不想，我們面對往後日夕分離的痛苦？
還是，你有其他的原因？

為何男生，總是如此決絕的說分手？

今天你結帳後，催促我走的時候，我堅持不離開；
我還希望，保留一點點的尊嚴，大家應該要說清楚……

你見到開始流淚的我，你卻連半點憐憫之心都沒有，
只冷冷的說了一聲再見，就轉身走了……

如果這一刻，你會安慰我的話，我也不會恨你；
居然五年的感情，你可以將我，放在一間餐廳裡，獨自地哭泣？

五年的感情，只是用一聲再見，來作總結？
你是不想解釋？還是無力去解釋？
根本，你就已經不再愛我了！

幾年的日子過去了……

你知道嗎？
你離開我這麼多年，我再也沒有你任何的消息；
而你這種狠狠的離別方式，讓我痛不欲生……

對不起，我的心，真的恨你！
你根本完全，沒有顧及我任何的感受！

你以為用這種直接切斷彼此關係的方法，會讓我沒有痛苦嗎？
你錯了！我對這份痛苦的記憶，仍然耿耿於懷。
我這一生，也不會忘記，你曾如此狠狠的對待我……

假裝著的愛……

人從來就是在不完美中，假裝著完美……

一雙不完美的眼睛，其實是不錯的；
因為，很多事，我都再看不見；
很多感情，我也再看不清楚；
一雙不完美的眼睛，讓很多的事，我都不能再知道……

我知道你心裡猶豫著，是愛我，還是不愛我；
當我有著不完美的眼睛時，
我只看見，你每天都在愛著我……

我不知道你對我的表達，是真愛，還是假裝；
但你只要曾對我表達愛意，我就會相信是真愛的了……

有時候，我寧願被欺騙一下，
有一陣子的快樂，總比常常痛苦好；
有時候，我寧願被欺騙一下，
也總比清醒時，看事物太清楚好；
許多時，看得清楚，知得明白，又如何？
或許，這只會令我內心，存在著更多的難過……

自欺欺人好嗎？不完美的眼睛真的好嗎？
有時，我還是覺得是好的；
起碼，我快樂的日子，會比痛苦的日子多一點吧！
這樣，我歡笑的時候，會比哭泣的時候多一些吧！

只要我知道，你口裡有說過愛我，我就已經滿足了！
有時候，感情，就由彼此，一起去假裝一下吧！

誰人沒有假裝的感情？
許多人為了維繫關係的和諧，
不是每天都在假裝著，對彼此很好嗎？
感情，難道不可以被假裝出來的嗎？

人，真的可以天天，不斷地去深愛一個人嗎？
有時，假裝說一句「我愛你」，
對於維繫雙方情感，對於達致彼此關係和諧，
也是一種不錯的方法……

如果假裝的愛，能夠讓雙方都活得恰到好處，
又有甚麼所謂呢？
生命中總充滿著不完美，
在不完美的關係中，假裝著完美，又有甚麼值得介意呢？
如果最後，假裝，能夠讓不完美的關係，成為完美的話，
我覺得，還很到位呢！

人生苦短，或者曾經愛過，對我來說，就已經足夠了；
能夠維繫長時間的關係穩定，
從來就需要，一份掩飾和假裝吧！

今天我常常對你說：「我愛你……」
有時，或許連我自己都不知道，
究竟我是不是，
為著某些目的，為著某些好處，為著我們雙方的前途和未來，
我也在假裝，愛著你……

我為何要移情別戀呢？

我為何要移情別戀呢？

移情別戀，從來是因為愛的不足；
移情別戀，都是因為其他人的吸引力太強；
又或是，你的吸引力不夠……

但請放心，你的吸引力很是足夠；
我從來，
不是著眼於你的外在條件、學歷、財富和其他吸引力；
我只是想，單單的愛著你……

所以，只要你認真地愛我，
無論其他人有多麼優秀，都不足以讓我移情別戀……

這是很傻嗎？
是的，這是一種對你很單純、很專注的感覺……

或者，沒有人可以很準確的說，我不會有移情別戀的一天；
因為人對自己的情感，從來都不可自誇……

或者有一天，真的有條件比你更好的人出現，我會移情別戀嗎？

如果我真的戀上他，而放棄你的話，他會是甚麼條件比你好呢？
那就是，他會比你，更關顧我的感受；
他會比你，更體恤我的難處；
他願意用上更多的時間與我交談；
他願意常常陪伴著我，聆聽著我的需要……

其實移情別戀，不是我想要的事；
但愛，從來是應該讓人感動的。
當有一天，他比你更願意去愛我，
而你，卻總將我安放在一旁；
我想，我還是需要保護自己，接受另一個更愛我的人了……

放心，只要你願意繼續愛我，繼續關心著我，
其實，我又怎會移情別戀呢？

這些都表明，你其實沒有很愛我……

有時，你說不太明白我；
其實，我也不太明白你；
其實，我也不太明白我自己；
我也不太明白，我心裡對你的感覺……

有些事，不是要說明白，就可以說明白；
有些情感，也不是說出來，你就可以明瞭……

或許要發生一些事，我就會發現，
你在我心中，究竟還餘下幾多位置；
又或許要發生一些事，你就會發現，
你愛我，其實還有幾多……

例如，你寧願我心裡繼續受傷，
你也不願意向我道歉一句；
例如，在我失落的晚上，
你總是無言地離開，餘下我獨自一個人；
例如，你寧願我在每夜中無盡的等待，
也不願意回覆我一句……

這些都表明，你其實沒有很愛我……

你嘴邊所說的愛，都只是一些空話罷了！
你口裡所表達的情，都只是一些虛假的情意罷了！
其實你真正關心的，只是你自己的需要……

是的，我曾經是無條件地愛著你，
任憑你不回覆我，任憑你不理會我的感受，
最後，我還是選擇對你包容，對你接納，
可是，你卻沒有一絲的感動……

如果有一天，我選擇離開你，你也不會太難過吧！
如果有一天，我選擇離開你，還請你也不要後悔了……

不要因著金錢，而欺騙我！

現在的男生，都想追求一張，安穩的長期飯票嗎？

女生擁有金錢，是一件很重要的事吧！
因為擁有金錢，就擁有實力，
可以更多去選擇，不同的男生；
可在被離棄後，有自我生活的能力，
最後不會太讓自己傷心……

美貌、個性、金錢、學識、社會地位、男生……
哪項對女性來說，是最重要的呢？
我認為，還不是金錢嗎？

我工作很多年了，經歷許多。
在我身邊有很多男生，
但他們對我來說，總沒有太大的安全感……

因為很多人，
都好像很看重我的財富，特別是看重我的收入。
我的年薪，真的一點也不差，
他們好像比較喜歡我的財富收入，多於喜歡我……

在交談中，他們都不約而同地，
追問我的工資，追問我的薪金如何計算。
我究竟住在哪裡？是租住地方？還是自置物業？
他們更想知道，我有儲錢及投資的習慣沒有……

這樣問問，那樣又去問問，我越來越感到害怕；
你是因為我的財富，所以才喜歡我嗎？
或是有時，是我自己太敏感罷了！

但是，我真的不想活得太愚昧⋯⋯

每逢晚飯，我會覺得，男女平均付費，是一種禮貌；
因為不可常常，只由你去付款⋯⋯

但許多時，和你晚飯，你都不支付金錢，
還有其他消費開支，你都好像只靠我去負責，
特別是一些飲用貴價紅酒的晚上，你總是忘記攜帶金錢；
購買奢侈品時，你又忘記攜帶信用卡；
其實，你是想佔我更多的便宜嗎？

我覺得大方一點是可以的，但平均付費，也是最公平妥當的吧！
或者，財富對女生來說，都是一件很重要的事；
因為曾經，我被人深深傷害過，欺騙過⋯⋯

我曾以為，他就是這樣，不顧一切的愛著我，
我也同樣，願意投桃報李；
但最後，他借了我一大筆金錢，
就完全地撇下我，失去蹤影了⋯⋯

那時候，因為我還有自置物業，
所以還可有居住的地方，還有一個安身之地。
只是往後，我很驚恐，我特別害怕受欺騙，
因為沒有金錢，可就甚麼都再沒有了！
隨時可以連居住的地方，也沒有⋯⋯

現在我對男生，也額外的敏感，特別當他不是太富有，
當他們問及我的財政狀況時，我會有所警覺。
抱歉，我從前可不是這樣計算及會計較的，
但現在的我，真的小心翼翼⋯⋯

今天晚飯，也是我去付費嗎？
你說你忘記攜帶錢包，連信用卡也沒有帶備。
連續五次的晚飯，都是我付了，我開始覺得，你有些過分。
或者過了今晚，我會重新考慮，我們彼此的關係……

只是幾頓晚飯的金錢，對我來說，不是甚麼問題，
而是我害怕，再蒙受金錢上的被欺騙；
因為在我眼中，男生，都不可盡信……

是我的外表裝扮，被你們覺得，我是富有的嗎？
還是，現在的男生，都想追求一張安穩的長期飯票？
以致他們都積極去尋索，較為富有的女生？

其實，男女是平等的，女生希望尋找一位富有的男生，
男生也想尋索一位有財力的女子，
的確，也是無可厚非……

但當大家還未有很相愛的時候，你就嘗試佔我便宜，
其實，我真的感到很傷感和不安。
再往下走，大家還可以用甚麼去維持關係呢？

我不知道在甚麼時候，我可以找到一位，真心愛我的人？
或者退而求其次，當沒有人很愛我的時候，我還可以抓緊金錢；
因為起碼，金錢給我的安全感，有時要比男生還更大……

其實，大家在經濟上互相支持，是完全沒有問題的；
但請不要因著金錢，而去欺騙我的感情；
請問可以嗎？

那時候，你的確是有愛著我吧！

你為何不再愛我？你貪新忘舊嗎？
你這麼快就有新對象了……

你不是曾經說過，你最愛的人，是我嗎？
你不是曾經牽著我的手說，在你眼中，我是你最愛的人嗎？

原來一切，都只是謊言！
男生說謊言的時候，也是情不自禁吧！

你天生，就有說甜言蜜語的能力吧！
或者那時候，你對我的情感，是真的。
不過往後，你再遇上一位，你覺得比我更好的女生時，
同樣，你對她再一次說上，相同的話……

或者，你一直都不是太喜歡我，
但在沒有新對象以前，你也不太介意與我一起。
你的甜言蜜語，只是用來維繫，我們的關係吧！

在有另一個，你認為更好的人出現以後，你就和我說再見了……

是的，愛戀，從來都是一種很複雜和很困難的配對，
要在適當的時候，你能愛我，我也能愛你，情感，才獲圓滿；
這份愛，才可以一直存留至永遠。
愛戀，根本是很艱難的一件事……

人世間，實在有太多的變數，
人每天都在變，人每年更在變，你我都在改變。
從來人與人之間，沒有一種步伐，可以是永遠一致。
或者在途中，你也發現，原來我根本並不適合你……

從前你的甜言蜜語，其實也不全然是假裝的吧！
你在那時候，也是說著真話吧！
那時候，你的確是有愛著我吧！

其實今天，你也是說著真話，
不過你所說的，已隨著時間而改變，
就是，你已經，不再愛我了……

其實，我並沒有能力勝過軟弱……

你常常問我，為何我總要苦苦掙扎？
為何我總不能勝過軟弱？

其實我在軟弱時，願意向你分享我的感受，
並不代表，我就有能力勝過軟弱；
相反，我想告訴你，我仍然是處在軟弱當中……

我向神祈求，更不代表，我可以戰勝軟弱和罪惡，
我只是，向神尋求協助罷了！
人的軟弱，從來不是一時三刻，
可以在一段短時間內，就可以去克服……

許多時，當我向你分享我的軟弱時，
卻總會惹來，你許多的批評……

你總對我說：
「你不應該這樣做，你不應該那樣做！
你應該要堅強，你應該要向好處去想！
你應該要努力工作，你應該要出去走走看看，
改變一下自己的想法……」

全部都是我應該，全部都是一些很好的提議，
但從來，你有沒有認真去看清楚，
我生命裡的真正需要？

其實，當我落在情緒的黑洞中，
只要你能夠和我說一句：「我明白」；
只要你能夠陪我坐下，來一次深談，傾聽我的訴說，
讓我將自己心裡的話，對你有條理地述說一次；
這對我來說，已是一個最好的心靈治療了……

抑鬱的情緒，就是因為人心裡面，積存太多不同人的意見，
太多人的所謂鼓勵，太多不同人的目光；
以至每個人，最後為了逃避別人的言語與眼光，
都只好將情緒，收藏在深心內；
在良久以後，就不會再見到，真正的自己了！

其實情緒的疏導，對於感情強烈的我來說，
只要你讓我明白，你是與我同行，
我們能夠彼此互相鼓勵及接納，就可以了……

你知道嗎？
為何我在傷心時，總愛聽悲情的歌曲，看傷心的文字？
因為當下，沒有人能夠完全明白我。
就連你也不明白我的時候，
而我能讀到一些文字，和我處境一樣，
我就覺得，這世上，還有人會理解我……
這些，也是文字的治療力量。

我相信，每人內心，都有著不同的鬱結，
每人在自己的感情世界裡，總有著不同的空洞感和失落情緒……

你也喜歡寫日記嗎？
惟願透過文字，有一天，我和你能夠遇上彼此的內心。
雖然我知道，日記，是很私人的事，
我只是希望能夠知道，你的故事，是否，也是我的故事……

願你會聆聽，願你會明白，我曾深深所經歷的；
願你會理解，也願你會知道，我曾對你深深付出過的愛……

直至現在，我還是如此，認真的愛著了你；
你可以再一次，仔細聆聽我的故事嗎？
你可以更多、更細緻的、不加批評的，聆聽我內心的感受嗎……

我以為，你是很愛我……

我以為，你會明白我，
所以我夠膽，將自己心裡面的說話告訴你；
我以為，你會明白我，
所以我夠膽，將自己的軟弱，都暴露在你面前……

我以為，你會覺得我的提議很好，
從而大家會一起去實踐；
但是原來，你根本一直，都不喜歡軟弱的我……

是的，所有的錯，就是因為，我以為罷了……

我以為你會喜歡我，所以我也慢慢的愛上你；
我以為你真的對我很好，
所以我決定，一生都去愛你……

最後所有的落差，都要由我一個人去承受，
因為原來，你從來都沒有很愛我；
你從來，都只當我，是你一位很要好的朋友罷了！

是的，從來我以為你對我的愛，
都只是，我自己的一廂情願罷了……

或許，我寧願選擇傷心……

饒恕，根本是生命中的一大謊言！
愛裡沒有懼怕嗎？
我想說，愛裡是有懼怕的……

我們需要無條件地，去饒恕惡待我們的人嗎？
饒恕他，是否縱容他繼續犯罪？
饒恕他，是否在助紂為虐？

你求我原諒你，我當然可以原諒你；
但看著你不停犯錯，你要我不斷的原諒你，
對不起，我做不到了！

從來饒恕別人，只會讓人更自欺，以為自己沒有錯；
得罪我的，我還可以原諒；
如果你是得罪其他人，我憑甚麼饒恕你呢？

你今天狠狠地拋棄了我，我又真的可以饒恕你嗎？
我想誠實面對自己，我只是一個普通人……

我不想口裡說原諒，心裡卻想著毒恨；
我欺騙了別人，卻欺騙不了自己；
其實欺騙自己，我心裡更不平靜……

其實有時最難饒恕的人，或許是我自己……

你知道嗎？其實仇恨是怎樣形成的？
我恨你，從來不是一朝一夕形成的，
而是一點一點的累積和增加……

不過有時我想，就算今天你不再愛我，
放棄了我，離開了我，甚至無情的傷害了我 ，我也不應恨你；
因為我的傷心，我的難過，都告訴我，
其實，我曾深深的，愛過了你……

有人說，愛的反面不就是恨嗎？
但我，其實不想有恨你的感覺；
或許，仇恨對我來說，比傷心更痛苦吧！

所以，我寧願選擇傷心！
或許，傷心對我來說，是一個較低層次的解讀；
傷心比恨，沒那麼用力，沒那麼疼痛；
最終讓我所受的傷，會較淺層一點吧！

請容許我繼續傷心，也請讓我繼續難過；
因為這對我來說，或許是一個自癒的過程，
也是一種，對你愛意的最後表達……

最終，我的傷心，
對我而言，總比仇恨，舒服一點吧……

沒有人可以代替自己去選擇，
因為我的心，只選擇了你……

我要有這麼一個人，去取代你的位置……——

我愛著他，就是為了懲罰你……

或者當我知道，你不愛我的時候，你疏遠我的時候，
我還是願意愛著你，我還是願意等待著你；
因為，我愛你的感覺仍在；
這時候，我也不介意，你會這樣對待我……

但當時間越久，我會發覺，這種等待，是否一種愚昧？
這份不對等的愛，是否一種無知？
我再去等待你，是否一份毫無價值，
甚或是，在傷害自己及別人的事？

其實男生，去輕抱另一個新對象，
真是一件非常簡單的事吧！
從來男生移情別戀及忘情，也是一件常有的事吧！

或者有一天，你真的愛上了別人，
還請你和我說一聲，我也懂得決絕地離開你！
因為，沒有人可以繼續這樣長期的，等待下去……

或者女生總是心軟的；
或者我對你，也總是一往情深，也總是猶豫不決。
但如果有一天，我發覺你真是狠狠的傷害了我，
我也會狠下決心離開你；
這時候，我對你的決絕，就是一件很容易做到的事……

我心底知道，女生青春有限；
如果你狠心對我，我就會更決絕的對待你！

而這個斬斷情絲的關鍵時刻，會在甚麼時候發生呢？
會在你初次提出分手的時候嗎？
不會，因為，我對你，還是有著一份留戀……

會是在你決絕的對我說，你已經愛上了別人的時候嗎？
也不會，因為我還是愛你……

那斬斷情絲的關鍵時刻，會在甚麼時候發生呢？
就是，當我碰到一個更好的對象，而他也願意愛著我的時候；
我心靈有著填補的時候，我就會忘記你！

或許，可能我這一生，也碰不上這個愛我的人；
或許，可能我這一生，也不能忘記你……

又或是，我會刻意去尋找一個人，
不論他是愛我，還是不愛我，
我總要讓他在我心中，去取代你……

請不要再問我，我的新對象，究竟是愛我，還是不愛我；
也請不要再問我，我的新對象，我是愛他，還是不愛他；
有時可能，連我自己，也不知道答案……

我只知道，我要有這麼的一個人，去取代你的位置；
然後，我就可以打從心底裡，去徹底的把你忘記……

又或是，我可能在和他一起以後，我還是會記起你；
因為，我還是對你有著愛……

不過，我會更愛他；
因為愛著他，我就會覺得，是對你一種最嚴厲的懲罰！

我內心對你，其實有了一種怨恨；
我痛恨你離棄我，我痛恨你移情別戀！

所以，我要活得更好；
我要在有一天，親自去告訴你，
你曾經放棄的我，現在活得多麼有光彩！
你當天放棄了我，亦是何等的愚昧！

我愛他，我會活得更好，只是為了向你報復嗎？
不是，因為我的確，也在享受著，他對我的愛；
但同時，我也的確，想向你有所報復……

有一天，如果你後悔的話，請你也不要再來找我，
因為這是上天，給你的一種懲罰……

若你問我，我真的有愛過你嗎？有的，曾經有的；
但是現在，對不起，沒有了！
因為你傷我太深，我對你，現在只有恨意！
原來恨意，是會蓋過愛意的……

不過我想告訴你，其實，在我心底，還是會覺得難過；
因為，我在痛恨你的同時，其實還保留著一份，對你的愛意；
這是一份曾經，我希望能永不磨滅的愛……

請原諒我的無可奈何！

或許，我們不應再相見；
因為，我害怕會繼續，愛你下去……

活著，總存留著，人與人之間最親密的一份愛意；
但原來，在生命中最脆弱之時，在生命的不斷流逝中，
我卻掌握不了，人與人之間的交往之道……

每天，我只要聽到你的名字，
我就坐立不安，我總是想念著你……

每當我愛你多一天，難過的情緒，
卻更深深的，刻在我心裡；
在生命的這一段中，你就是，如此的無可代替……

你今天冷嗎？你穿著的是甚麼衣服？
在風中，讓我們作最後一次，深深的擁抱吧！
因為我需要告訴你，我不可以，再和你走下去……

但你知道嗎？我還是依然在心中，深深的愛著你……

請原諒我的無可奈何！
因為從來，
人生的路，都不是人自己，可以自由地去作出選擇……

我想著你的時候，你也有想著我嗎？

你總是值得我所等待的……

為甚麼要抗拒自己的感覺呢？
從來感覺，都是藏不住的；
因為無論是我的眼神，我的動作，我每一句的說話，
其實，都已經暴露了，我對你的愛……

我總想等待著你，因為，你是值得我所等待的……

在我回望你的一刻，在我感受到我愛你的那一刻，
或者我總想像著，會不會有一天，
你也會親口對我說一句，其實你也在等著我……

是否每一種感覺，都只是一種自我欺騙？
我是在欺騙著自己，你會愛我嗎？
我還要等到甚麼時候呢？

其實我的心很亂，其實我的思緒也很不安；
我想著你的時候，希望，你也能明白我，了解我……

我心裡想要說的話，每天心底的感受，
我都不知，可如何向你說起……

其實，我不夠膽量，向你說明一切，
我只夠膽，偷偷地，在遠處看著你；
以至讓我的心，能夠繼續去愛你，
以至讓我的愛，能夠繼續在我心內存留……

我的心在想著你的時候，其實，你也在想著我嗎？
還是，那種說不出口的愛，
最終，只會在風中，消失得無影無蹤罷了……

我最愛的人，只是你……

有一天，你我將會尋回，
只屬於我倆，潛藏於彼此心中的一份愛……

你常常問：「你寫的文字，為何總是這麼動人？」

其實，我並沒有甚麼刻意，我只是隨心地寫，
這是一份我對你，發自內心的呼喚……

或者每一個人，都有他獨特的性格，
有些人特別愛追求浪漫，有些人特別會追求完美，
有些人愛追逐安全感，有些人愛追求助人的快樂，
而又有些人，愛追求和平……

人實在有很多不同的類型，而我在生命中，
你知道嗎？我總追求著浪漫與愛……

正因如此，我心中總比別人，有更多的鬱結，
我心中，亦總有許多解不開的幻象……

我也特別喜歡文字。
對於文字，我也有駕馭能力。
我寫給你的信，對我來說，寫著的過程，也是一種情緒上的治療，
在一字一句寫給你時，同步，也治療了我心裡的抑鬱與空洞……

我自小喜歡文字，也比同期的人，有多一點運用文字的力量；
或許寫作對我來說，是天生的一種語言能力；
理解詩詞歌賦背後的意思，對我而言，沒有太大難度；
我小一的時候，也開始寫詩了……

文學境界，從來是我所追求的；
閱讀，對我來說，
亦是生命中，能夠持續追求快樂的一種方法……

其實每個人，都有其獨特之處，
我知道你愛拉小提琴。
你知道嗎？我一聽你演奏，我就已經淚流滿臉。
你也喜歡攝影，
你每張相片背後，我亦見到你內心的悲傷……

所以不論你與我的情感，是用甚麼方法來表述，
但所表達出來的，總是我們二人獨特的情緒；
你我將彼此的生命，透過藝術，
將其中最與別不同之處，展現出來……

人心裡面的所想所感，每人也不一樣；
人與人之間，都用著不同的溝通模式，
去表達自己對愛的追求和渴想……

我相信愛我的神，也是一位情感豐富的神，
因為，耶穌亦曾經為所愛的人哭了……

在生命中，每人都帶著情感，不論多與少，表達或是不表達。
或者很多時，你對我，總感到不明白，
因為，你總沒有去發掘，我的獨特之處……

其實當你尋找，你就會知道，我究竟是怎麼樣的人。
有一天，你會發現，你並不理解的我，究竟在愛著誰。
是的，我其實最愛的人，就是你……

有一天，或許透過文字，或許透過其他渠道，
你我將會尋回，只屬於我倆，最真實的一面，
同時亦能發掘，只屬於我們，潛藏於彼此心中的一份愛……

當我透過文字，呼喚著你的時候，
其實我內心，每天也在，一次又一次的，默念著你的名字……

我希望最終，我們之間，不會是一份遺憾。
你知道嗎？對你，我已經付出最大的愛和努力了……

後記

你在哪裡呢？
我從來都沒有忘記你，
縱使，你總是讓我不斷的難過……

我等著你的感覺，心裡是多麼的沮喪和落寞；
但只要是你，我就願意等著……

我深深呼喚你名字的時候，你，究竟聽到了嗎？

願你能知道，願你能明白，
我一直都是如此的，深愛著你……

Adelaide
2020 冬
於香港

enlighten 亮
&fish 光

書　　名：我呼喚著你名字，你聽到嗎？
作　　者：Adelaide

出 版 社：亮光文化有限公司
Enlighten & Fish Ltd
社　　長：林慶儀
編　　輯：亮光文化編輯部
設　　計：亮光文化設計部
地　　址：新界火炭坳背灣街61-63號
盈力工業中心5樓10室
電　　話：(852) 3621 0077
傳　　真：(852) 3621 0277
電　　郵：info@enlightenfish.com.hk
亮 創 店：www.signer.com.hk
面　　書：www.facebook.com/enlightenfish

2021年6月初版

亮創店

I S B N　978-988-8716-39-5
定　　價：港幣九十八元
新台幣四百元

法律顧問：鄭德燕律師